EINE BESONDERE NANNY

EINE "BAD BOY & NANNY" ROMANZE

MICHELLE L.

INHALT

Melde Dich an, um kostenlose Bücher zu erhalten   v

Klappentext	1
Prolog	3
1. Jayce	13
2. Leila	23
3. Jayce	33
4. Leila	42
5. Jayce	51
6. Leila	61
7. Jayce	71
8. Leila	80
9. Jayce	88
10. Leila	97
11. Jayce	105

Melde Dich an, um kostenlose Bücher zu erhalten   117

Veröffentlicht in Deutschland:

Von: Michelle L.

© Copyright 2020 – Michelle L.

ISBN: 978-1-64808-161-3

ALLE RECHTE VORBEHALTEN. Kein Teil dieser Publikation darf ohne der ausdrücklichen schriftlichen, datierten und unterzeichneten Genehmigung des Autors in irgendeiner Form, elektronisch oder mechanisch, einschließlich Fotokopien, Aufzeichnungen oder durch Informationsspeicherungen oder Wiederherstellungssysteme reproduziert oder übertragen werden. storage or retrieval system without express written, dated and signed permission from the author

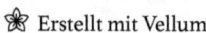 Erstellt mit Vellum

MELDE DICH AN, UM KOSTENLOSE BÜCHER ZU ERHALTEN

Möchtest Du gern Inspiriert und andere Liebesromane kostenlos lesen?

Tragen Sie sich für den Michelle L. Newsletter ein und erhalten Sie ein KOSTENLOSES Buch exklusiv für Abonnenten indem Du diesen Link in deinem Browser eingibst:

https://BookHip.com/DGKWKF

Inspiriert: Ein Navy SEAL Liebesroman

Inspiration kann so befriedigend sein ...

Sobald diese Traumerscheinung aus dem Auto ausstieg, wusste ich, dass ich sie haben könnte, wie ich mir das vorgestellt hatte.

Volle Titten, ein runder Arsch und Hüften, an denen ein Mann sich festhalten konnte, machten sie perfekt für meine Vorhaben.

Sie hatte keine Ahnung, was gleich mit ihr passieren würde. Ich würde sie zu dem machen, was ich brauchte – meiner

Therapie. Dann könnte ich den Kopf freibekommen und wäre wieder produktiv.

Sie dachte, dass sie gekommen wäre, um einen amerikanischen Helden zu interviewen, aber in Wirklichkeit war sie für mich da. Ich musste sie ficken, bis ich wieder einen klaren Kopf hatte.

Ich verschwendete keine Zeit damit, ihre Fragen zu beantworten und fragte sie dann gleich ein paar von meinen eigenen, zum Beispiel, ob sie gerne eine bisschen mein Gesicht reiten würde...

https://BookHip.com/DGKWKF

Du erhältst ebenso KOSTENLOSE Romanzen-Hörbücher, wenn Du Dich anmeldest

KLAPPENTEXT

„Ich war in meinem Leben endlich an dem Punkt, an dem ich sein wollte... oder etwa nicht?"

Meine Karriere als Musikerin schien endlich abzuheben, auch wenn ich das mit meiner Familie, meiner Heimatstadt und meinem Ruf bezahlte. Leider hatte das Schicksal mit mir und meinem Bruder etwas anderes vor, sodass ich von LA wieder nach Alpena in Michigan zurückmusste.
Ohne Leila Butler wäre ich nicht weit gekommen, nachdem mein Bruder Micah kein Geheimnis daraus machte, wie sehr er mich hasste. Wenn es diese süße, sexy Blondine nicht gäbe, die so toll mit ihm umgehen konnte – wer weiß, wo ich dann wäre?
Wahrscheinlich in LA, wo ich auch hingehörte.

„Ich hatte lange genug an meiner Jungfräulichkeit festgehalten, nur um sie schließlich an den unwahrscheinlichsten aller Kandidaten zu verlieren – einen

Bad Boy mit Reisedrang und wenig Interesse an einer festen Beziehung."

Und ich hätte es besser wissen müssen. Es war allgemein bekannt, dass Jayce Joyce selbstsüchtig war – er hatte seine Familie zurückgelassen, um sich in Los Angeles selbst zu finden. Aber hatte er immer so gut ausgesehen? Vielleicht zog mich seine Berühmtheit zu ihm hin. Konnte ich es deshalb nicht ablehnen, als er mir einen Job anbot, bei dem ich das Haus und seinen Bruder Micah im Auge behalten würde?

Am liebsten hätte ich nur ihn im Auge behalten.

Doch von Anfang an wusste ich, dass sein Herz nicht wirklich mir gehörte – die Musik streckte wieder ihre Finger nach ihm aus, wie es schon zuvor geschehen war. Wie könnte es ein Durchschnittsmädchen wie ich je mit der Sogkraft der glamourösen Welt von LA aufnehmen?

PROLOG

JAYCE

Als ich etwa vier oder fünf Jahre alt war, sagte ich meinem Vater, dass ich mir einen kleinen Bruder wünschte. Selbst damals hatte er mich mit seinen tiefbraunen Augen angeblickt und den Kopf geschüttelt, als hätte ich gerade beide seiner Nieren verlangt.

„Das kommt nicht in die Tüte, Jason", hatte er in dem gleichen Tonfall verkündet, mit dem er mir Nachschub beim Eis verweigerte. „Das kommt einfach nicht in die Tüte."

Es dauerte ein paar Jahre, bis ich verstand, warum ich für die Frage den Blick kassiert hatte – als er und meine Mutter mich bekommen hatten, waren sie gerade noch Teenager gewesen, und als ich meinen Wunsch äußerte, war er ein Highschoolabgänger ohne Abschluss gewesen, der als Aushile in einem Bauernhof für Kleingeld arbeitete, während meine Mutter in unserer Heimatstadt Alpena, Michigan, Hotelzimmer putzte.

Wenn ich nun zurückblicke, erinnere ich mich an keine Zeit, in der es mir je an etwas gefehlt hätte – es gab immer genug zu Essen, auch wenn wir dreimal pro Woche Fertiggerichte zu uns nahmen. Ich hatte sogar mein eigenes Zimmer, auch wenn es nur so groß war wie der begehbare Kleiderschrank, den ich nun in meiner Wohnung in Los Angeles habe. Vielleicht war es sogar kleiner – ich habe es nie gemessen. Rückblickend war es für niemanden schön, sich eine so kleine Wohnung teilen zu müssen – vier Leute in einem Wohnwagen mit zwei Schlafzimmern wäre alles andere als bequem gewesen. Mit dreien war es schon schlimm genug. Auch wenn ich damals noch keine Ahnung davon hatte, wie ein Leben in größerem Wohlstand überhaupt aussehen könnte.

Es half auch nicht, dass ich kein besonders gehorsames Kind war, eine Charaktereigenschaft, die sich mit höherem Alter nicht verwuchs. Anscheinend mussten erst ein paar Jahrzehnte die Erinnerungen an meine schwere Erziehung auslöschen, bevor der Wunsch nach einem neuen Kind aufkeimte.

Leider konnten meine Eltern nicht voraussehen, dass ihr zweiter Spross noch schlimmer sein würde als ich, vor allem nicht, da sie ihn erst mit vierzig bekamen. Vielleicht war es ja sogar besser, dass sie älter waren – schließlich werden einem viele Dinge angeblich egaler, je älter man wird. Bei mir traf das keinesfalls zu – aber dann war ich auch noch nicht vierzig.

Wie dem auch sei – Micah war jedenfalls ein noch schlimmerer Satansbraten als ich, auch wenn ich das von ihm behaupte.

Genau das dachte ich, als ich meinen Eltern ein hämisches Grinsen zuwarf. Ich saß meinem kleinen Bruder gegenüber und beobachtete aus dem Augenwinkel sein schreckliches Benehmen bei Tisch. In seinem Alter wäre ich mit so einem Verhalten niemals davongekommen. Dad hätte mir einfach eine reingehaut und ich hätte mich aufrecht hingesetzt und hätte mein Messer verwendet. Vielleicht hätte er mir auch einfach „den Blick" zugeworfen. Was war aus diesem Blick bloß geworden? Heutzutage lässt man sich von Kindern wirklich alles gefallen.

„Nur weil wir arm sind, Jason, heißt das nicht, dass du dich wie ein wildes Tier verhalten darfst!" Dad hatte mir diesen Spruch so oft gepredigt, dass ich ihn schon in meinen Träumen hörte. Aber anscheinend galten für Micah andere Regeln.

Im Esszimmer bestand an diesem Abend ein spürbarer Kontrast. Mom hatte sich größte Mühe gegeben, alles weihnachtlich zu dekorieren, hatte Lichterketten aufgehängt und leise Weihnachtsmusik aufgelegt. Der zwei Meter hohe Christbaum verströmte einen betörenden Duft und erstrahlte im Licht der Kerzen und Glaskugeln, die ihn schmückten. Der Boden versank praktisch unter Geschenken, obwohl es noch zwei Tage bis Weihnachten waren. Doch all das, nicht einmal das knackende Holz im Kamin, konnte die Anspannung übertönen, die sich über unsere Familie gelegt hatte, und die uns die Luft zum Atmen stahl.

„Also, Jason, Liebes", flötete meine Mutter Beth auf ihre mütterliche Art. „Wie läuft es mit deinem Gesang?"

Mein müdes Lächeln verging sofort; ich warf ihr einen düsteren Blick zu.

„*Mein Gesang?*", wiederholte ich ungläubig. „*Wie läuft es mit meinem Gesang?*"

Ich wunderte mich selbst darüber, wie schnell ich mich empören konnte.

„Rede nicht so mit deiner Mutter, Jason", keifte Dad, ohne den Blick von seinem Roastbeef abzuwenden. Er dachte schon gar nicht mehr nach, sondern wies mich wie in meiner Kindheit, automatisch zurecht.

Ja, klar, aber du siehst nicht, wie dein Jüngster sich die Erbsen in den Mund schaufelt, als ginge es auf die Zombie-Apokalypse zu.

„Tut mir leid, Baby", seufzte Mom. „Habe ich etwas Falsches gesagt?"

Sie klang erschöpft; das war kaum verwunderlich. Für meine Eltern hatte sich das Blatt zum Besseren gewendet, vor allem, seit ich aus Michigan weggezogen und in Los Angeles an meiner Karriere gearbeitet hatte.

Sie wohnten nun nicht mehr in einem versifften Wohnmobil im Greenhaven Community Park. Ich wusste nicht einmal, wie die alte Karre es so lange durchgehalten hatte. Heute wohnten meine Eltern in einem zweistöckigen Haus am Stadtrand von Alpena. Dad arbeitete nicht mehr auf der Farm irgendwelcher anderen Leute, seit er eine App entwickelt und die sich zum Verkaufsschlager entwickelt hatte. Wer hätte gedacht, dass man damit so viel Geld verdienen konnte? Aber was meine Mutter anging... Sie schien müde zu sein, obwohl sie nicht mehr gearbeitet hatte, seit Micah auf die Welt gekommen war. Dieses Kind zu erziehen war zehrender, als Klos zu putzen. Oder vielleicht hatte sie einfach keinen Bock mehr auf ihr Leben. Mein Vater konnte schon auch ein Mistkerl sein. Seit meiner Kindheit hatte ich mich gefragt warum sie ihn überhaupt geheiratet hatte.

Ich war zum ersten Mal seit drei Jahren zu Hause und bereute es bereits jetzt, obwohl Moms Küche mir besser schmeckte denn je. Im Aufnahmestudio servierte man selten Schmorbraten.

„Mit meinem *Gesang* läuft es super, Mom", murrte ich, warf meine Gabel auf den Tisch und fuhr mir mit der Hand durch mein gelocktes, schwarzes Haar. Es wurde langsam lang, aber meine Agentin Daryn hatte mich angewiesen, es so zu lassen, da Frauen auf den Rockstar-Look abfuhren. Sie hieß tatsächlich Daryn, aber alle in LA schienen lächerliche Namen zu haben, das hatte ich schnell gelernt. Ich hatte keine Ahnung, welche Namen echt und welche Künstlernamen waren und ich fragte auch schon lange nicht mehr.

„Hast du nicht einen Song oder so etwas?", meldete Micah sich zu Wort, mit einem Mund voller Kartoffeln.

„Micah", mahnte Mom ihn sanft. „Mit vollem Mund spricht man nicht."

Mein Bruder ignorierte sie und richtete seine dunklen Augen weiterhin auf mich. Er sah aus wie Dad, wie wir. Wir hatten alle das gleiche schwarze Haar und die gleichen tiefbraunen Augen. Die rezessiven blonden Gene meiner Mutter hatten keine Chance. Dad hatte mir einmal erzählt, dass wir vor vier Generationen Indianer gewesen waren. Ich war immer überzeugt gewesen, dass nach tausenden Jahren Krieg alle auf eine Art Mischlinge waren, aber das war eine andere Geschichte.

„Also? Hast du einen?", beharrte Micah und ging mir damit auf die Nerven. Vielleicht war ich auch ein Balg gewesen, aber so unhöflich wie er war ich nie. Ich bedachte meinen Vater mit einem vielsagenden Blick und fragte mich, ob er seinen jüngsten Sohn zurechtweisen würde, aber er schien nichts davon zu merken.

Das Nesthäkchen konnte sich scheinbar alles erlauben!

„Ich habe mehrere *Songs*", gab ich zurück. „Meine neueste Single klettert gerade die Hitliste hinauf."

Ich erzählte meiner Familie von meinem Erfolg. Aus Alpena wegzugehen, war die beste Entscheidung aller Zeiten gewesen – in diesem Tausend-Seelen-Dorf gab es nichts für mich zu holen. Ich hätte es sogar früher tun sollen.

„Ja. Ich glaube, einer meiner Lehrer steht auf deine Musik", meinte Micah und konzentrierte sich wieder auf sein Essen. Es verletzte mich, dass es nicht einmal meinen Bruder interessierte, ob ich gerade im Musikgeschäft einen Durchbruch erlebte. Entgegen aller Erwartungen hatte ein verarmtes Kind aus dem Niemandsland in Michigan es in die beängstigende Welt des Rock geschafft und mein kleiner Mistkerl von einem Bruder gab mir das Gefühl, ein absoluter Niemand zu sein.

Ich hätte niemals nach Hause kommen sollen, auch wenn es Weihnachten war. Ich hätte den flehentlichen Mails meiner

Mutter nicht nachgeben sollen. Sie hatten mich nur hierher bestellt, damit sie mich anschließend fertigmachen konnten.

Und es war ihnen gelungen. Schon wieder.

„Das ist toll, Schätzchen", sagte Mom, die scheinbar meine Frustration registrierte. „Ich muss mir unbedingt deine CD kaufen."

Micah und ich lachten uns beide schlapp.

„CD?", sagten wir gleichzeitig und warfen uns einen Blick zu. Mom sah peinlich berührt aus.

„Hört man so nicht mehr Musik?"

Micah kicherte und selbst ich musste über ihr altmodisches Denken grinsen, aber wenigstens hatte sie sich etwas Mühe gemacht. Mein Vater hatte kaum einen zusammenhängenden Satz gesagt, seit ich am vorigen Tag eingetroffen war. Er war immer noch sauer auf mich, dass ich kurz nach Micahs Geburt das Weite gesucht hatte, und meine Entscheidungen schienen ihm ohnehin nicht zu schmecken.

Ich wartete nur darauf, dass er endgültig ausflippte.

„Das ist also alles?", sagte Dad plötzlich und hob zum ersten Mal seinen Kopf. „Du läufst weiterhin deinem Teenie-Traum hinterher?"

Ich merkte, wie ich mich anspannte.

Na bitte. Das hat ja nicht lange gedauert.

„Gary..." Mom warf meinem Vater einen warnenden Blick zu, doch es war bereits zu spät. Er war nicht aufzuhalten. Eines musste ich ihm lassen: Wahrscheinlich hatte er sich so lange zurückgehalten, wie er nur konnte.

„Teenie-Traum? Ein Jahresgehalt in Millionenhöhe ist kein Teenie-Traum."

Dad starrte mich mit unverhohlener Verachtung an. Es war schwer zu glauben, dass uns nicht mehr als siebzehn Jahre trennten. Er kam mir wie ein alter Mann vor, selbst nun, da ich bereits erwachsen war mit meinen dreißig Jahren. In LA hatte ich Freunde, die in seinem Alter waren, aber sie waren nicht annähernd so voreingenommen wie dieser Miesepeter, der mich anfunkelte, als hätte er mich beim Schule schwänzen erwischt.

Egal wie erfolgreich ich werde, ich werde immer das gleiche Kind für ihn sein.

„Na und? Willst du jetzt werden wie Keith Richards?", beharrte er voller Verachtung. „Glaubst du das, ja? Dass du jetzt Rock'n'Roll-Musik machst, bis du tot umfällst?"

Das ist doch lächerlich. Keith Richards wird niemals sterben. Er ist ein Vampir oder so.

„GARY!"

„Was, Beth? Er ist dreißig Jahre alt. Er rennt schon lange genug diesem dämlichen Traum hinterher. Natürlich können wir seine Kreativität fördern, aber wir steuern ihn hier in die Obdachlosigkeit."

„Du bist obdachlos?", fragte Micah mit großen Augen. „Wie cool!"

„DAS IST NICHT COOL!", brüllten meine Eltern gleichzeitig

Ich stand vom Tisch auf und verbarg meine zitternden Hände. Es erwischte mich immer kalt, wenn er mich so konfrontierte. Ich hasse mich dafür, dass ich ihn schon wieder an mich ran ließ. Genau deshalb war ich so lange weggeblieben.

„Danke fürs Abendessen, Mom." Kühl warf ich meine Serviette auf den Tisch. „Ich gehe jetzt ins Bett und fahre morgen Früh wieder heim."

Ich gab ihr nicht die Gelegenheit, zu antworten, und entfernte mich vom Tisch.

„JASON!", rief sie mir nach. „Gary! Geh ihm nach. Es ist Weihnachten, verdammt noch mal. Er war schon seit Jahren nicht mehr zu Hause."

Doch es täte nichts zur Sache, was er sagte. Selbst wenn er

sich entschuldigte, würde er mich immer noch für einen Versager halten. Es spielte keine Rolle, dass ich kurz davor stand, einen Vertrag mit einem echten Label zu unterschreiben. Er würde einfach nur schnauben und mich fragen, wie oft er das nun schon gehört hatte.

Das würde ich mir nicht antun. Ich war zu weit gekommen und hatte zu hart gearbeitet, um mich nun von meiner eigenen Familie verspotten zu lassen.

Im Gästezimmer (das kurze Zeit mein Zimmer gewesen war) ließ ich mich auf dem Bett fallen, starrte die Decke an und versuchte, mich zu beruhigen.

Ich nehme den ersten Flug nach LA und komme erst wieder, wenn er tot ist.

Sofort schämte ich mich für den Gedanken, doch bevor ich ihn korrigieren konnte, klopfte es an der Tür.

„Ich will es nicht hören!" Die Tür ging dennoch auf und Micah starrte mich von der Türschwelle aus an.

„Fährst du wirklich morgen?", fragte er mich. Er hatte sein Abendessen gegen ein Stück Schokoladenkuchen eingetauscht, in dem er nun eine Gabel versenkte, während er mit mir redete. Das Leben ging also weiter, wenn ich nicht mehr da war.

Niemand hat sich daran gestört. Sie haben einfach den Kuchen aufgetischt. Vielleicht wollten sie sogar feiern.

„Ja." Schon wieder bekam ich Schuldgefühle. Es war nicht Micahs Schuld, dass ich wütend war. Er war vielleicht ein ungezogener Bengel, aber er war erst sechs und ich kannte ihn gar nicht richtig. Dank meinem Vater waren mein Bruder und ich wie Fremde.

„Du kannst mich ja in LA besuchen", sagte ich leise. „Ich bin mir sicher, dass Mom dich mitnehmen würde."

Er hob die Augenbrauen, während er auf seinem Bissen Kuchen herumkaute und mich neugierig beobachtete. Es dauerte eine Weile, bis er heruntergeschluckt hatte.

„Wozu?", fragte er schließlich.
„Was, wozu? Es gibt dort jede Menge zu tun."
„Wozu sollte ich *dich* besuchen?"
Ich spürte, wie ich rot wurde.
„Wieso nicht? Wir sind Brüder, weißt du."
Micah zuckte mit den Schultern.
„Wie du meinst." Er schob sich eine Gabel mit Kuchenguss in den Mund. Diesmal aß er nicht fertig, bevor er antwortete. „Ich kenne dich nicht mal."
Ich war ausgesprochen angespannt.
„Das könnten wir ändern. Wir könnten abhängen... und so."
Das hörte sich total langweilig an, aber ich hatte auch keine Ahnung, wie ich mit diesem Kind reden sollte. Er hatte ja recht. Durch unsere Adern lief das gleiche Blut, aber das war es auch schon.
Und wenn ich mir keine Mühe gebe, wird sich das auch nie ändern – wir werden immer Fremde mit der gleichen DNA sein.
„Also?", bohrte ich weiter, als er keine Antwort gab. „Kommst du mich besuchen?"
Er schüttelte den Kopf.
„Ich glaube kaum", meinte er und wandte sich ab.
„Warte mal! Wieso nicht?"
Er warf mir einen Blick zu und seufzte.
„Weil die Dinge einfach... schwierig sind. Du machst alles... irgendwie... komplizierter."
Und damit verschwand er und ich musste erst einmal verdauen, was er da gerade gesagt hatte.
Ein erwachsener Mann war von einem Sechsjährigen in die Schranken gewiesen und von seinem Vater gescholten worden.
Ich setzte mich auf und fing an, meinen Koffer zu packen; ich wollte nun sofort weg. Das musste ich mir nicht gefallen lassen. In Kalifornien ging es mir prima ohne sie.

Warum hatte ich mir nur jemals einen Bruder gewünscht? Ich knirschte mit den Zähnen.

Dann rief ich ein Taxi und fuhr zum Alpena County Regional Flughafen und dachte dabei nur eines:

Wenn ich sie je wieder sehe, ist es zu früh. Ich brauche sie nicht.

Und ich meinte es ernst... damals zumindest.

1
JAYCE

Im Aufnahmestudio löschten meine Kopfhörer alle Geräusche der Umwelt für mich aus, während ich mir die Seele aus dem Leib sang, die Augen fest geschlossen. Ich ging völlig auf in der Melodie, die aus meiner Kehle in das Mikrofon floss.

So war es immer, wenn ich einen Song fertigstellte, an dem ich hart gearbeitet hatte; die Nächte, die ich damit zubrachte, den Text zu perfektionieren, das Gezänk mit den Bandmitgliedern, die Selbstzerfleischung – das alles war es wert. Ich war nicht da – ich war ein Liebhaber, der einen Nachruf auf eine längst verschollene Frau sang, ein sitzengelassener Bräutigam oder ein Rebell, der dem Staat den Mittelfinger zeigte. Ich war nur das, was mir der Song vorschrieb zu sein.

Deshalb bemerkte ich auch nicht, dass der Tontechniker an das Fenster klopfte und verzweifelt mit den Händen wedelte, um meine Aufmerksamkeit zu erlangen. Die Musik wurde unterbrochen, aber ich hatte sie ohnehin nicht nötig – es war sogar einfacher, frei vom Herzen zu singen. Bis sich schließlich eine Hand auf meine Schulter legte, sang ich schon eine ganze Minute lang Acapella. Ohne dass jemand es aufnahm.

„Was soll das?", motzte ich. „Das war mein bester Take!"
Jerome schüttelte entschuldigend seinen blonden Kopf.
„Tut mir leid", seufzte der Tontechniker. „Deine Zeit ist um. Axion P und seine Crew sind jetzt dran."
Ich funkelte ihn entrüstet an.
Es war eine Minute nach elf. Eine verdammte Minute.
„Ist das dein Ernst?", fauchte ich. „Er hätte keine zehn Minuten warten können?"
„Er hat den Slot gebucht", rief mir Jerome ins Gedächtnis. „Und du hast überzogen."
Ich war außer mir. Dieser Rapper war nie pünktlich, nicht einmal bei seinen eigenen Shows. Ich bezweifelte sogar, dass Axion überhaupt da war. Jerome wollte nur sich selbst beschützen, für den Fall, dass der berühmte Hiphop-Künstler zufällig verfrüht auftauchte. Und dann – Himmel hilf – warten müsste.
„Tut mir leid, Mann", sagte Jerome ein zweites Mal und ich glaubte ihm fast.
Das wird dir auch leid tun, dachte ich und riss mir die Kopfhörer vom Kopf. Schon bald würde ich derjenige sein, für den das Personal sich überschlug. Am nächsten Tag würde ich mich mit Sony treffen.
Nachdem ich mir beinahe ein Jahrzehnt lang den Arsch aufgerissen, in versifften Bars in Vegas gespielt und in Garagen meine Songs aufgenommen hatte, bot man mir endlich einen Plattenvertrag an.
Das verriet ich allerdings Jerome nicht. Das würde ich ihm erst sagen, wenn ich ihm verkündete, dass ich nicht mehr bei Muse Studios aufnehmen würde.
Seinen Gesichtsausdruck lasse ich mir nicht entgehen. Obwohl mir der Ort schon fehlen würde. Er hatte seinen Charme und war mir außerhalb meines Zuhauses in Santa Monica ein zweiter Zufluchtsort geworden.
„Scheiß drauf, Alter." Ich fürchtete, mich zu verplappern,

und ging einem Gespräch mit ihm deshalb aus dem Weg. Es sah mir ähnlich, zum falschen Zeitpunkt mit Dingen herauszuplatzen.

Ich schnappte mir meine E-Gitarre und packte sie behutsam ein, um mir nicht die Finger in den schweren Koffer einzuklemmen.

„Die kannst du hier lassen, Mann", meinte Jerome und klang ziemlich panisch, als er merkte, dass ich sie mitnehmen wollte. „Du kommst doch morgen wieder, oder nicht?"

„Vielleicht."

Ich würdigte ihn keines Blickes, verließ den Raum und ging dann schäumend vor Wut durch die Gänge von Muse.

Axion und seine Crew waren nirgends zu sehen.

Totale Verarsche.

„Haust du gleich jemandem eine rein?", flötete eine Stimme, als ich den Aufzugknopf mit jeder Menge Nachdruck betätigte. Ich verzog das Gesicht, um zu sehen, wer da mit mir sprach.

Du wüsstest am besten, wie ich aussehe, wenn ich jemandem eine reinhauen will. Der Tag wurde immer schlimmer und es war noch nicht einmal Mittag. Ich hätte mich gut umsehen sollen, bevor ich aus der Tonkabine gegangen war. Miguel hing immer irgendwo rum.

Ein Grund mehr, mich schleunigst von Muse zu trennen. Und tschüss, ihr Arschlöcher.

„Wahrscheinlich", gab ich zu. „Bietest du dich an?"

Miguel kicherte hämisch und warf mir einen abschätzigen Blick zu, während er mir näher kam. Glücklicherweise hatte er immer noch Angst vor mir.

„Ich habe dich vorhin singen gehört. Du hörst dich super an, Jayce. Dieses Album wird dein bestes."

Das findet Sony auch.

„Danke."

Es war verdammt schwer, diesem Mistkerl gegenüber höflich zu bleiben.

Die Edelstahltüren öffneten sich und wir betraten den Lift. Miguel drückte auf den Knopf zur Lobby, während wir stumm nebeneinander standen. Die Stille war angespannt. Das Leben in LA war anders als im Rest des Landes. Dinge, die die meisten für ein Tabu halten würden, waren für Los Angelinos völlig normal.

Zum Beispiel, wenn einer deiner Bandkollegen deine Freundin vögelte.

Miguel, der Bassist meiner Band, war der erste Typ gewesen, zu dem ich in LA wirklich einen Draht gehabt hatte. Leider war das meiner Freundin Teresa, mit der ich sechs Monate zusammen war, genauso gegangen. Miguel hatte „zum Wohle der Band" beschlossen, dass er sich umorientieren würde, nachdem ihre Affäre aufgeflogen war, aber ich sah ihn immer noch viel zu oft im Studio.

Ich hatte nicht einmal eine Entschuldigung bekommen; weder von Teresa noch von Miguel, als hätte ich überreagiert und müsse mir einfach eine dickere Haut wachsen lassen, um es in der Ellenbogenwelt zu etwas zu bringen, die ich mir selbst ausgesucht hatte.

Aber wer wusste es schon? Vielleicht hatten sie recht. Sie hatten mir eine wichtige Lektion erteilt in Sachen Vertrauen, nämlich dass man es am besten niemandem schenkte.

In der Folge verhielt ich mich höflich gegenüber Miguel, aber mein Misstrauen brachte ich nun auch den anderen Bandmitgliedern entgegen. Mit wem war Teresa noch im Bett gewesen? Sie hatte mir geschworen, dass es nur einmal und nur mit Miguel passiert war, aber ich glaubte ihr kein Wort, denn Miguel sah mich immer wieder an, als wüsste er etwas, von dem ich nichts wusste.

Oder vielleicht war ich einfach paranoid. LA machte viele Leute ein bisschen verrückt.

Die Türen öffneten sich und ich drängte an Miguel vorbei, bevor er auch nur einen Schritt tun konnte. Zunächst verspürte ich Genugtuung darüber, dass ich als erster ausgestiegen war, aber sofort danach bereute ich es, wegen so einer Kleinigkeit so selbstgefällig zu werden.

Wenn du schon übermütig werden musst, dann wegen deinem Treffen morgen. Das Gefühl macht dir niemand kaputt. Es war ein kühler Vormittag. Bald würde Erntedankfest sein und die Luft war bereits frisch. Am Himmel bildeten sich Regenwolken über dem Valley und tauchten alles in ein deprimierendes grau und ich wünschte auf einmal, ich hätte einen Pullover dabei. Ich schnappte mir meinen Schlüssel, um den 2014-er Audi aufzusperren, den ich vor ein paar Jahren gekauft hatte; das neueste Auto, das ich je besessen hatte. Ich rief mir ins Gedächtnis, dass ich schon bald einen BMW kaufen würde... sobald dieser Deal in der Tasche war.

Bevor ich aus meiner Parklücke herausfuhr, warf ich einen letzten Blick auf das Studio – ein stählernes Gebäude ohne Wärme oder Persönlichkeit. Ich hatte vor Muse in drei anderen Studios aufgenommen und es würden sicherlich noch Dutzende folgen.

Dutzende. Ich bin wirklich optimistisch...

Aber daran war ja nichts falsch. Ohne diesen Optimismus hätte ich es niemals so weit gebracht.

Ich fuhr aus meiner Lücke, als wolle ich den Ort in einer Staubwolke verschwinden lassen, und schlängelte mich durch den Stadtverkehr in Richtung meiner Wohnung nahe Palisades Park. Um diese Uhrzeit gab es noch wenig Pendlerverkehr, aber es war eben trotzdem die Stadt. Während ich im Stop-and-Go feststeckte, klingelte mein Handy. Ich nahm den Anruf über Bluetooth an.

„Daryn", lachte ich. „Schieß los."

„Da haben wir ihn ja!", flötete meine Agentin mir ins Ohr. „Unseren aufgehenden Stern."

Diese Bezeichnung passte mir nicht. Ich wurde nicht gerne daran erinnert, dass ich noch nicht völlig am Firmament stand.

„Seid ihr Leute bereit, euch morgen mit Sony zu treffen?", fragte Daryn und ich musste lachen.

„Ist man dafür jemals bereit?", erwiderte ich. „Natürlich nicht."

„Gut! Zeig ihnen deine liebe, bescheidene Seite, Jayce. Sie wollen denken, dass sie dich nach ihren Vorstellungen formen können."

„Manipulieren, meinst du wohl", gab ich höhnisch zurück.

„Ts, ts, nun sei doch mal nicht so, Jayce. Darauf haben wir schon so lange hingearbeitet. Deine Bandkollegen sind auch angespannt. Du könntest wirklich ein wenig dankbarer sein."

Hätte sie gesehen, wie sich mir beim Gedanken an morgen der Magen umdrehte, hätten wir dieses Gespräch nicht einmal geführt, aber leider bekam sie nur meine zynische Hülle zu Gesicht.

„Ich bin dir ewig dankbar für alles, was du für uns getan hast", erklärte ich ihr ehrlich. „Um neun bei Sony."

„Oh nein", schnurrte sie und ihre Stimme drang von jeder Ecke des Wagens in mein Ohr. „Ich habe eine Überraschung für dich. Komm schon um halb neun."

„Ich mag keine Überraschungen." Sofort musste ich an Teresa denken.

„Das ist mir egal."

Das hätte ich erwarten können. Daryn ließ ungern mit sich reden und ich würde mich sicher nicht wehren, wenn sie nur eine nette Geste geplant hatte.

„Dann von mir aus halb neun. Sonst noch etwas?"

„Bring einen schönen Kuli mit. Du wirst dich erinnern

wollen an den Tag, an dem du den besten Deal deines Lebens unterschrieben hast."

Ich kicherte. „Alles klar, Daryn."

„Bis dann."

Sie legte auf und ich musste grinsen. Wir hatten Daryn echt viel zu verdanken. Ohne sie hätte sich der Erfolg unserer Band Rune auf Konzerte in Hinterzimmern und Vorbandauftritte beschränkt.

Sie war ein Hai und im Geschäft bestens bekannt. Auf ihrer Liste zu stehen war ungefähr so gut wie enge Beziehungen mit Daniel Lanois.

Und vielleicht würden wir eines Tages so berühmt sein wie U2.

Sie wusste instinktiv, wie sie unser Image boosten könnte, welche Gigs sie für uns landen musste und wie sie unseren Namen bekannt machen würde. Es lag nur an Daryn Jameson, dass ich von Jason Jensen zu Jayce Joyce geworden war.

„Das perlt einfach von der Zunge", hatte sie mir erklärt. „Es ist sexy und sexy verkauft sich gut. Egal wie talentiert du bist, Jayce – und das bist du –, das zählt alles nichts, wenn deine Fans sich nicht von hinten von dir rannehmen lassen wollen."

Manchmal dachte ich darüber nach, Dylan von hinten ranzunehmen, aber ich hatte den Verdacht, dass sie das Steuer in die Hand nehmen würde, falls es je zu so etwas kam. Und darauf stand ich nicht.

Ich parkte mein Auto vor meinem Haus, schnappte mir meine Gitarre und sperrte den Wagen ab, bevor ich auf meine Eingangstür zulief. Nach dem Gespräch mit Daryn war meine schlechte Laune wie weggeblasen, obwohl es zu schütten begann, als ich die Tür zu meinem Zuhause aufsperrte.

Die Sonne war vollständig von Wolken verdeckt und in meiner kleinen aber feinen Bude war es ungewöhnlich dunkel dafür, dass es noch so früh am Tag war.

Ich schaltete ein paar Lichter an, bevor ich mich auf die

Couch warf und meine Beine auf den überstopften Kissen ausruhte. Auf meinem Handy warteten sechs SMS auf mich und ich wusste ohne hinzusehen, dass sie alle von der Band stammten. Die Jungs waren überglücklich im Hinblick auf die Zukunft, und wer konnte es ihnen schon verübeln? Wir waren dorthin gekommen, wo wir uns schon immer hingeträumt hatten.

Ich starrte das Handy einen langen Augenblick an und mich überkam auf einmal das starke Bedürfnis, Mom anzurufen. Seit Sony vor drei Wochen den Termin gegeben hatte, musste ich immer gegen den gleichen Dämon kämpfen, wenn ich alleine war. Ich wollte die guten Neuigkeiten mit ihr teilen, aber nicht, um ihr gute Laune zu machen – sondern damit sie meinem Hornochsen von einem Vater sagen würde, dass ich mit meinem „Teenie-Traum" mehr Kohle verdienen würde, als er je in seinem Leben gesehen hatte.

Vielleicht stimmte das auch nicht ganz – ich war mir nicht sicher, wie viel Sony uns bieten wollte, aber es musste sicher eine ganze Menge sein.

Es schmerzte mich, dass ich vier Jahre später immer noch wütend auf meinen Vater war, obwohl er sich nicht anders verhalten hatte als sonst: Er hatte eben auf mich herabgesehen als wäre ich des Ruhmes nicht würdig, für den ich so hart gearbeitet hatte.

Seit diesem Weihnachten hatte ich nicht mehr mit ihm geredet und die Beziehung zu meiner Mutter war auch nicht gerade rosig. Wenn wir doch mal telefonierten, zwang sie auch Micah mit mir zu reden, aber diese Gespräche waren kurz und unangenehm.

Ich legte mein Handy weg, bevor meine Finger sich verselbstständigen und die Entscheidung ohne meinen Kopf treffen konnten. Vielleicht würde ich Mom erst anrufen, wenn ich wüsste, wie viel genau Sony uns vorschießen würde.

Die Augen fielen mir langsam zu. Das geschah mir immer,

wenn es regnete. Dann überkam mich immer die Lust, ein Nickerchen zu machen.

Erst kämpfte ich dagegen an im Gedanken an all die Dinge, die ich heute noch erledigen musste, doch dann verdrängte ich meine To-Do-Liste aus meinen Gedanken und freundete mich mit dem Gedanken eines Mittagsschlafes an. Ich hatte ihn mir verdient.

Ich hatte kaum die Augen zu getan, da war ich schon in einen bizarren Traum verwickelt. Ich erinnerte mich nicht an viel daraus, aber meine Mutter hatte darin den Kopf über mich geschüttelt. Sie schien immer wieder etwas zu wiederholen, während sie hinter mich zeigte. Als ich mich umdrehte, starrte Micah mich mit einem fahlen Gesichtsausdruck an. Er sah älter aus... und verängstigt.

Ich drehte mich wieder um, aber meine Mutter war weg und stattdessen stand mein Dad vor mir, das Gesicht blutüberströmt.

Das genügte, um ich aus dem Schlaf zu reißen. Gleichzeitig wurde mir klar, dass dies nicht das Einzige war, was mich geweckt hatte – mein Handy klingelte auch.

Während ich geschlafen hatte, war das Unwetter draußen zu einem richtigen Sturm geworden und der Wind wirbelte die Äste der Orangenbäume wild durcheinander, während sich im Hintergrund ein schwarzer Himmel abzeichnete.

„Hallo?", murmelte ich und räusperte mich. Wenn ich auf das Display geachtet hätte, hätte ich gemerkt, dass es eine unterdrückte Nummer war – obwohl ich auch dann noch abgehoben hätte.

„Jason Jensen?"

Ich blinzelte mehrmals und nahm das Handy vom Ohr, um mir den Anrufer anzusehen. Die Anzeige verriet mir nichts. Es fühlte sich seltsam an, Jason gerufen zu werden, nachdem ich schon vor so langer Zeit meinen Namen in Jayce Joyce geändert hatte. Das bedeutete wohl nichts Gutes.

„Wer spricht dort?"

„Spreche ich mit Jason Jensen?" Der Mann hörte sich streng an, autoritär, und mein erster Gedanke galt dem Finanzamt.

Vor meinem Fenster donnerte und blitzte es, während ich zähneknirschend überlegte, ob ich meine Identität preisgeben sollte.

„Hier spricht Detective Blake Corso von der Alpena Polizeistation. Spreche ich mit Jason Jensen?"

Ein Blitz zerriss den Himmel vor meinem Wohnzimmerfenster und ich erstarrte. Auf einmal wurde mir klar, dass ich ein Omen gehabt hatte, wie es sonst nur im Film geschah. Die Bilder aus meinem Traum fielen wieder über mich ein und mir wurde mit einem Mal speiübel.

Und wir befanden uns nicht in einem schlechten Film – das war mein Leben, auch wenn es gerade so schien, als spiele es sich in Zeitlupe ab.

„Ja", sagte ich schließlich heiser. „Das bin ich."

„Mr. Jensen, ich fürchte, ich habe schlechte Neuigkeiten für sie."

Er musste es gar nicht aussprechen. Ich wusste bereits, was er sagen würde.

Einer von meinen Eltern war gestorben.

2

LEILA

Schlechte Neuigkeiten verbreiteten sich in einer Kleinstadt wie dieser immer wie ein Lauffeuer und dieses Mal war keine Ausnahme.

Wir saßen in Rosalies Diner und tranken unseren morgendlichen Kaffee und das einzige Thema, über das die Leute redeten, war der schreckliche Autounfall der vergangenen Nacht. Ich wünschte, sie würden damit aufhören. Jedes Mal, wenn ich daran dachte, lief mir ein kalter Schauer über den Rücken, und dennoch wurde ich den Gedanken nicht los.

„Er war sternhagelvoll", seufzte Sarah Millerson und goss sich aus einer Karaffe Kaffee ein, während sie den Kopf schüttelte. „Hat eine Geisterfahrt auf der Autobahn gemacht."

„Zu schade, dass der Fahrer des Sattelschleppers überlebt hat", knurrte Pat Richards. „Dieser Mistkerl sollte in der Hölle schmoren."

„Ich bin mir sicher, er erlebt hier gerade die Hölle auf Erden", erwiderte Sarah leise und warf mir über den Tresen einen Blick zu. „Stell dir vor, du wachst auf und stellst fest, dass du jemanden umgebracht hast. Von dem Kater erholst du dich nie."

„Jemanden umgebracht?", schnaubte Pat. „Er hat weitaus Schlimmeres angerichtet. Er ist ein verdammter Mörder. Ich habe gehört, dass sein Zimmer im Krankenhaus bewacht wird. Das macht man also mit unseren Steuergeldern. Man stellt solchen Mistkerlen Personenschutz. Ich sage es dir, wenn niemand ihn bewachen würde, würde ich sofort dorthin gehen und Selbstjustiz an dem Arschloch üben, weißt du, was ich meine?"

Ich wollte ihn anbrüllen, den Mund zu halten. Mein Herz hämmerte wie wild, während Pat sich immer mehr aufregte. Ich lehnte mich zurück, wandte meinen Blick von Pats errötendem Gesicht ab und biss mir auf die Unterlippe. Hinter meinen blauen Augen kämpfte ich mit den Tränen, aber ich zwang mich, sie nicht fließen zu lassen.

Ich kannte die Jensens, ich hatte sogar Micah ein paar Mal gebabysittet, und das machte die Tragödie nur noch schlimmer für mich, aber auch der Fahrer des Sattelschleppers brach mir das Herz, selbst wenn er betrunken gewesen war. Ich mochte mir gar nicht vorstellen, was dieser Typ gerade durchmachen musste.

Pat hat jetzt leicht reden, aber ich habe schon oft gesehen, wie er sich hinters Steuer gesetzt hat, nachdem er einen Sixpack oder mehr weggekippt hat. Es hätte genauso gut sein tödlicher Fehler sein können.

Natürlich sagte ich all das nicht laut. Ich wollte mich nicht streiten – niemals, mit niemandem. Leila Butler war nicht gerade dafür bekannt, dass sie ihre Meinung sagte. Man kannte mich eher für meine stille Art, mein freundliches Lächeln, meine Harmoniesucht.

Aber heute war Rosalies Diner alles andere als harmonisch und die negative Stimmung machte mich fertig.

„Willst du noch Kaffee, Süße?"

Sarah tauchte auf einmal vor mir auf und hielt mir mit ihren runzligen Händen die Kaffeekanne hin.

„Nein, danke. Nur die Rechnung bitte, Sarah."

Sie nickte und warf mir einen letzten sorgenvollen Blick zu, bevor sie zur Kasse ging. Ich schnappte mir meine Jacke vom Stuhl neben mir und warf sie mir über die Schultern.

„Bis dann, Leila!", rief Pat mir zu, aber ich winkte ihm nur, ohne mich umzudrehen. Er sollte meinen Gesichtsausdruck nicht sehen. Ich war auch nicht für mein Pokergesicht bekannt und Sarah fiel es sofort auf, als ich an der Kasse meine Rechnung beglich.

„Du solltest dir diese Dinge nicht zu Herzen nehmen, Schätzchen", sagte Sarah leise, als ich ihr einen Zehn-Dollar-Schein überreichte. „Du kannst nichts dafür."

„Deshalb bricht es mir aber trotzdem das Herz", murmelte ich. „Das stimmt so."

Sie rief mir einen herzlichen Dank hinterher, aber ich war schon aus der Tür raus und auf dem Weg zu meinem Jeep. Ich war spät dran, nachdem ich so viel Zeit damit verbracht hatte, den Stammgästen bei ihrem Geschwätz über den Unfall zu lauschen.

Unfall. Was für ein lächerliches Wort für das, was passiert war. Mit ein wenig Voraussicht hätte man das alles vermeiden können.

Ich war zu abgelenkt, um konzentriert zu fahren, und als ich auf den Mitarbeiterparkplatz auffuhr, war ich froh, es gesund in die Arbeit geschafft zu haben. Ich hoffte, dass es in der Arbeit um andere Themen gehen würde, aber ich hatte kein gutes Gefühl. Und mein Gefühl schien mich nicht zu trügen.

Schnell warf ich einen Blick auf mein Spiegelbild im Rückspiegel und vergewisserte mich, dass mein honigblondes Haar fein säuberlich in mein Haarnetz gesteckt war. Ich trug kein Makeup und ich brauchte es auch nicht. Die Sommersprossen, die mich meine ganze Kindheit lang unglücklich gemacht hatten, waren merklich blasser geworden, aber ich hatte das große Glück, mein jugendliches Aussehen zu behalten. Allerdings sah ich müde aus und unter meinen Augen waren dunkle Ringe. Das machte aber nichts – in der Arbeit musste ich niemanden beeindrucken.

Zuhause im Übrigen auch nicht, rief ich mir trocken ins Gedächtnis. Für mein rauschendes Privatleben war ich auch nicht gerade bekannt.

Ich war für jede Menge Dinge *nicht* bekannt.

Ich zog meinen Schlüssel aus der Zündung und ging auf den Seiteneingang zu. Als ich mich der Tür näherte, kam ich an mindestens fünfzig Frühschichtlern vorbei, die sich miteinander unterhielten. Manche hatten Kippen aus ihren Mundwinkeln hängen, andere blickten finster drein und funkelten Waxman Textiles wütend an.

„Was ist los?", fragte ich eine meiner Kolleginnen. „Unsere Schicht fängt in fünf Minuten an. Wieso sind alle hier draußen?"

„Wir sind ausgesperrt", murrte Robin.

„Was?" Das machte überhaupt keinen Sinn. Die meisten von uns arbeiteten bereits seit Jahren hier. Wenn es ein Problem gab, hätten wir doch sicherlich eine Mail bekommen... oder nicht?

Ich holte mein Handy heraus und sah nach, ob ich vielleicht etwas übersehen hatte, aber in meiner Mailbox war keine Nachricht, die darauf hinwies, warum wir wie Idioten vor verschlossenen Türen standen.

Ich ging zur Tür und zog daran und fühlte mich ganz schön lächerlich, als sie nicht nachgab. Mit Sicherheit hatte das schon jemand vor mir ausprobiert.

„Das ist einfach so feige!", rief irgendein Typ. Ich glaubte, mich zu erinnern, dass er Thomas hieß. Er sah aus wie ein Tom.

„Jetzt zieht mal keine voreiligen Schlüsse", sagte ich und hob die Hand. Ich spürte, wie sich die Anspannung in der Masse zusammenbraute und das Letzte, was ich wollte, war Teil eines Aufstands zu werden, vor allem wenn wir gar nicht alle Fakten hatten.

„Was sollte denn sonst sein?", erwiderte Tom gehässig. „Sie geben uns ja wohl keinen bezahlten Urlaub!"

Auf einmal ging die Tür auf und alle strömten auf Brad, den Tagesmanager, zu. Alle redeten wild durcheinander.

„Was ist los?"

„Gibt es heute Arbeit oder nicht?"

„Habt ihr eine Schlappe?"

„Was soll das?"

Blitzschnell klebte Brad einen Zettel an die Tür und verschwand wieder im Inneren.

Auf sein Verschwinden folgte eine seltsame Stille und ich starrte stumm Robin an.

„Was steht da?", rief jemand und erneut drängten wir alle auf die Tür zu und strebten nach vorne, um die Mitteilung zu lesen, die Brad an die Tür geklebt hatte.

„Das ist doch wohl ein Witz!", empörte sich Tom. „Sie feuern uns! Einfach so! Fristlos!"

Aufruhr machte sich in der Menge breit und ich wollte mich schleunigst aus dem Staub machen, bevor die Leute wirklich durchdrehten.

Ich schlängelte mich aus der wütenden Menge Arbeiter, ging zu meinem Auto und beobachtete das Geschehen von dort aus. Mein Herz hämmerte in meiner Brust, als mir klar wurde, was diese Ereignisse bedeuteten.

Ich war arbeitslos. Gerade eben hatte ich noch einen guten Job gehabt, ein sicheres Einkommen und eine gute Versicherung. Jetzt stand ich ohne alles da und musste mich selbst durchschlagen, ohne dass mir auch nur jemand die Hand geschüttelt und viel Glück gewünscht hätte.

Schau sie dir an, dachte ich düster, während die anderen

Arbeiter mit Fäusten auf die Tür einhämmerten. *Was soll das bringen?*

Ich konnte nicht den ganzen Tag vor meiner ehemaligen Arbeit sitzen und sie anstarren, aber ich war einfach durch mit den Nerven und brachte es nicht fertig, meinen Blick loszureißen, bis ein paar Minuten später mein Telefon klingelte.

„Schätzchen, bist du gerade aus Waxman ausgesperrt worden?", flötete meine Mutter in den Hörer. Sie hörte sich mindestens so angespannt an wie ich es war.

„Ja... woher weißt du das jetzt schon?"

Sie seufzte tief. „Die Stadt ist klein, Leila. Jake Watts hat angerufen. Er ist außer sich vor Wut. Er muss vier Kinder ernähren!"

Ich schloss die Augen und schüttelte den Kopf. Wir hatten nie eine Gewerkschaft gebildet. Wir konnten nichts tun, es sei denn, wir stellten einen Anwalt ein, um uns zu vertreten. Waxman hatte genau gewusst, dass wir uns das nicht leisten konnten.

Wie auch, wenn sie uns gerade mal den Mindestlohn zahlten?

„Dieser Tag ist völlig im Eimer", deklarierte ich und Mom stimmte mir zu.

„Komm vorbei, Liebes. Ich backe einen Kuchen."

Ich lachte. Moms Lösung für alles war immer entweder Backen oder Kochen. Meine Mutter war der Prototyp einer Hausfrau. In der heutigen Gesellschaft mochte diese Bezeichnung als abwertend gelten, aber sie hätte sich selbst auch so bezeichnet.

Nichts machte sie glücklicher, als sich um ihren Ehemann und ihre Kinder zu kümmern, obwohl wir alle schon erwachsen waren und alleine lebten.

Sie hatte meinen Dad direkt nach der High School geheiratet und hatte ihr Leben damit verbracht, sich um uns zu kümmern. Sie hatte nicht einen einzigen Tag gearbeitet. Was in der heutigen Welt schon fast exotisch war, war für Mom ganz natürlich gewesen, als stamme sie aus einer anderen Zeit. Es machte ihr gar nichts, dass andere Frauen Vollzeit arbeiteten und Karriere machten. Ihrer Meinung nach war es das Richtige, zu Hause bei ihrer Familie zu bleiben.

Jetzt braucht sie nur noch ein Rudel Enkelkinder und sie ist glücklich.

Meine Schwester Cat hatte gerade erst geheiratet und mein Bruder Ryan ebenso. Ich wusste, dass schon bald die ersten Kinder kommen würden.

Ich ignorierte den Neid, der bei diesem Gedanken mein Herz durchzuckte und konzentrierte mich wieder darauf, was Mom mir vorgeschlagen hatte. Ich zog es in Erwägung. Schließlich hatte ich für den Rest des Tages nichts mehr vor. Sonst würde ich auch nur nach Hause gehen und Trübsal darüber blasen, dass ich nun arbeitslos war.

Und ihre Kuchen waren wirklich köstlich.

„Von mir aus, Mom. In einer Viertelstunde bin ich da."

Draußen vor der Firma entwickelte sich langsam ein echter Aufstand und ich biss die Zähne zusammen, als ich zusah, wie meine Kollegen irgendwelche Gegenstände gegen das Gebäude pfefferten. Ein Teil von mir wollte sie daran hindern, aber die schwächliche Seite in mir setzte sich mal wieder durch, wie immer. Ich mochte keine Konflikte und in der Lösung von Konflikten war ich wirklich kein Experte. Was sollte ich auch dieser wütenden Meute sagen, um sie zu beruhigen?

„Hey, ihr Idioten, ihr begeht gerade Sachbeschädigung und die Firma filmt alles!"

„Tom, du kannst die Tür nicht mit einem Betonziegel aufbrechen!"

Es war besser, einfach zu verschwinden. Ich fuhr aus dem Parkplatz heraus und beobachtete das Geschehen besorgt im Rückspiegel. Nun traten auch die Sicherheitsleute auf den Plan. Glücklicherweise war ich schon weg. Ich hatte keine Lust, einen

Eintrag im Strafregister zu kassieren; auch so waren meine Chancen wirklich nicht rosig.

Es dauerte weniger als fünfzehn Minuten, bis ich ins Haus meiner Eltern eintraf. Erst als ich vor ihrem perfekt gemähten Rasen parkte, wurde mir klar, dass ich mich an keine Geschwindigkeitsbegrenzungen gehalten hatte und mich so schnell von der Firma hatten entfernen wollen wie nur möglich.

Mein Herz hämmerte immer noch schnell, während ich über die Steinplatten zum Haus ging. In der Nacht hatte es leicht geschneit und ein weißer Mantel hatte sich über die Erntedankfest-Dekorationen gelegt, die Mom aufgestellt hatte. Ein Truthahn aus Sperrholz beäugte ein Füllhorn mit Squash und ein riesiger, echter Kürbis stand auf der Veranda.

Mom gab sich immer viel Mühe mit der Dekoration, aber heute fiel es mir besonders schwer, mich feierlich zu fühlen. Eine Wolke des Trübsinns schien sich über Alpena gelegt zu haben.

Ich hätte heute Morgen einfach im Bett bleiben sollen. Ich schlang die Jacke enger um mich und betrat die Veranda, die unser Haus einmal umrundete. Meine Lethargie führte ich auf die Kälte zurück, aber vielleicht hatte ich schon eine Vorahnung gehabt, wie blöd dieser Tag sein würde.

Doch nun war es zu spät – ich musste mich den Dingen stellen.

Mom hatte mich wohl vom Fenster aus beobachtet, denn sobald ich die Fußmatte berührte, riss sie die Tür auf. Sie blickte mich mit sorgenvollen blauen Augen an.

„Ach, Schätzchen", sagte sie mitfühlend und streckte ihre Arme nach mir aus. „Komm her."

Sofort warf ich mich ihr an den Hals und genoss ihre warme Umarmung. Aus meinem Gesicht waren meine Gefühle abzulesen, auch wenn ich mir Mühe gab, sie zu verbergen.

„Ist schon in Ordnung." Ich löste mich nicht aus ihrer Umarmung. „Ich finde schon noch einen anderen Job."

„Natürlich findest du das!", bekräftigte Carla Butler. „Du hast so viele Talente!"

Manchmal fragte ich mich, wie sie so ungerührt Lügen konnte. Tatsächlich hatte ich recht wenige Talente. Ich hatte meinen High-School-Abschluss, aber sehr zum Leidwesen meines Vaters war ich nie aufs College gegangen.

„Du bist die Einzige, die nie aufs College gegangen ist!", protestierte er. „Wieso um alles in der Welt nicht?"

„Weil ich nicht weiß, was ich mit meinem Leben anfangen will, und ich will euer Geld nicht für ein Studium verschwenden, das mir am Ende gar nichts bringt.

„Leila, ein Abschluss vom College ist wichtig! Geh doch wenigstens auf die Wirtschaftsschule, so wie Morris!"

„Ich will kein Mechaniker werden wie mein Bruder, Dad."

Nein, dachte ich sarkastisch und war sauer auf mich, dass ich vor fünf Jahren nicht auf meinen Dad gehört hatte. *Stattdessen mache ich einen niederen Job, aus dem ich auch noch aus einer Laune heraus gefeuert werde. Der Plan klingt viel besser.*

Waxman war der erste und einzige Job gewesen, den ich je gehabt hatte. Er hatte mich dorthin führen sollen, wo ich sein wollte, aber wo war das überhaupt? Noch immer hatte ich nicht die geringste Ahnung.

„Komm schon, Süße. Hilf mir beim Äpfelschneiden."

Wir lösten uns von einander und ich folgte meiner Mom in die Küche.

„Hoppla! Willst du etwa einen Tortenladen aufmachen?", fragte ich beim Anblick des Berges an Äpfeln auf der Kücheninsel.

„Ich mache einfach ein paar Kuchen", erwiderte sie defensiv. „Ich bringe den Nachbarn welche und..."

Zu meiner Überraschung biss sie sich auf die Unterlippe und kämpfte mit den Tränen. Es war nicht schwer zu erraten, woher ich es hatte, dass man meine Gefühle so einfach an mir ablesen konnte. Mom weinte manchmal von jetzt auf gleich. Selbst Werbung für Katzenfutter brachte sie zum Heulen.

„Mom! Was ist los?", fragte ich und eilte an ihre Seite. „Wieso weinst du?"

„Ach", machte sie, winkte ab und blinzelte stark. „Es ist einfach so traurig. Ich backe ein paar Kuchen für die Jensens."

Ich spürte die Anspannung in mir und setzte mich auf einen Stuhl an der Arbeitsfläche.

„Verstehe..."

Weil das Thema auch für mich zu schmerzhaft war, beharrte ich nicht darauf, aber ich musste es wissen und wenn irgendjemand eine Antwort auf meine Fragen hatte, dann war es Mom.

„Was ist denn los bei ihnen?"

Sie blickte mich schockiert an und riss die Augen weit auf. „Hast du nicht gehört, was passiert ist?"

„Doch, habe ich", sagte ich schnell. „Ich meine ja nur... was passiert jetzt mit Micah?"

Meine Mutter setzte sich auch und blickte mich von der anderen Seite der Kücheninsel an. Ihr Mund war zu einem dünnen Strich verzogen.

„Naja, ich nehme an, er kommt ins Kinderheim", seufzte sie. „So läuft das eben, wenn man beide seiner Eltern verliert..."

Bei den letzten Worten brach ihre Stimme und ich erschauderte. Ich schluckte und schüttelte den Kopf, während eine Woge der Trauer mich überkam. Micah war ein Waise; seine Eltern waren bei einem Unfall gestorben.

Wie viel schlimmer könnte es für einen zehnjährigen Jungen kommen?

Höchstens, wenn sein entfremdeter älterer Bruder wieder auf der Bildfläche auftauchte...

Jayce Joyce ist zu egoistisch, um nach Alpena zurückzukehren. Micah geht es besser ohne ihn... oder nicht?

3
JAYCE

Die meisten Leute im Haus kannte ich nicht und sie kannten mich auch nicht, aber dennoch warfen sie mir finstere Blicke zu.

Die Nachbarn und Freunde meiner Eltern bewegten sich durch das Haus und raunten mir Plattitüden ins Ohr, aber ich hörte ihre Worte so gut wie nicht. Ich war immer noch schockiert. Ich konnte gar nicht glauben, dass das wirklich geschehen war.

„Ein betrunkener Autofahrer ist in sie hineingefahren, Mr. Jensen. Er ist auf der falschen Seite der Autobahn gefahren, auf der auch ihr Vater unterwegs war. Er hat versucht, ihm auszuweichen, aber... sie waren beide sofort tot... glücklicherweise hat Micah bei einem Freund übernachtet... jetzt müssen Sie Vorbereitungen treffen..."

Die Worte des Polizisten hatten sich in meinem Unterbewusstsein festgesetzt. Das meiste davon verwirrte mich, da ich mental überhaupt nicht anwesend war. Meine Gedanken kreisten um die Frage, warum ich mich nicht mit Dad versöhnt hatte, als ich noch die Gelegenheit dazu hatte. Wieso war er einfach immer so verdammt stur gewesen?

Ich öffnete nicht einmal mehr die Tür, wenn jemand daran

klingelte. Der Junge, der scheinbar mein Bruder war, tat das. Hätte ich ihn auf der Straße gesehen, hätte ich ihn niemals erkannt. Micah sah überhaupt nicht mehr aus wie der Sechsjährige, den ich vor vier Jahren zurückgelassen hatte. Aber er sah aus wie der junge Kerl aus meinem Traum.

Die Vorahnung beeinflusste mich jetzt noch nachhaltig und immer wenn ich die Augen schloss, um die Welt da draußen auszusperren, brachen die Bilder wieder über mich herein.

Die Küche, die meine Mutter so geliebt hatte, war voll bis unters Dach mit Aufläufen, Braten, Kuchen und Brot. Es sah aus, als hätte jemand ein Buffet über den ganzen Raum gekotzt; von den Essensgerüchen wurde mir schlecht. Ich wünschte, die Leute würden aufhören uns zu besuchen, aber in einer Stadt wie Alpena wurde man nicht so leicht in Frieden gelassen. Sie meinten es alle gut, aber ich wünschte, sie würden uns trotzdem verschonen.

„Sperr einfach die verdammte Tür zu!", schnauzte ich schließlich Micah an, als mein Geduldsfaden endgültig gerissen war. „Keine Leute mehr!"

Er blickte mich ausdruckslos an und von dem Blick wurde mir ein wenig kühl. Ich erkannte keine Gefühle in seinem Gesicht, keine Trauer, keine Depression. Es war, als wäre er irgendwo anders und sein Körper würde im Autopilot funktionieren.

„Sperr DU doch die verdammte Tür zu", gab er zurück. Obwohl ich damit angefangen hatte, passte mir sein Tonfall gar nicht.

Ohne ihn zurechtzuweisen, erhob ich mich von meinem Stuhl und ging auf die Tür zu, in der Hoffnung, sie zu schließen, bevor noch jemand mit Beileidsbekundungen vorbeikam. Aber natürlich hatte ich damit kein Glück.

Zwei Frauen kamen gerade auf das Haus zu und einen Augenblick lang wollte ich ihnen einfach die Tür vor der Nase zuschlagen. Doch dann wurde mir klar, dass ich sie tatsächlich kannte. Nun ja, zumindest erkannte ich *sie* wieder.

Ich konnte mich nicht an das letzte Mal erinnern, das ich Leila Butler gesehen hatte, aber damals hatte sie auf keinen Fall *so* ausgesehen.

Ich erinnerte mich eher an ein blondes Sommersprossengesicht mit großen, nachdenklichen Augen und leicht schiefen Zähnen.

Aber die Zahnspange hatte scheinbar Wunder gewirkt und vor mir stand nun eine schlanke und sanfte Frau in einem einfachen, weißen T-Shirt unter einem langen Cardigan und mit einer eng anliegenden Jeans, die nur wenig der Vorstellungskraft überließ. Obwohl das gar nicht angemessen für die Lage war und sie in Begleitung ihrer Mutter kam, starrte ich sie lüstern an.

Carla Butler trug einen Stapel Kuchen und als sie mich erblickte, blieb sie wie angewurzelt stehen.

„Jason!", keuchte sie. „D-du bist hier!"

Ihre Entgeisterung gefiel mir gar nicht.

„Natürlich bin ich hier. Wo sollte ich sonst sein?"

Die Butler-Frauen wechselten einen Blick und Carla sah mich erneut an, aber Leila wandte den Blick ab. Ich hatte das Gefühl, dass sie mich aus dem Augenwinkel immer noch beobachtete, aber es war schwer zu sagen. Vielleicht war das auch nur Wunschdenken, damit ich mich für meinen lüsternen Blick nicht ganz so sehr schämen musste.

„Mein herzliches Beileid, Jason", sagte Carla und überreichte mir die Kuchen. „Ich habe deine Mutter sehr bewundert. Und deinen Vater auch."

Den letzten Nebensatz hatte sie nachgeschoben. Dad war echt ein ziemlicher Mistkerl gewesen.

Und jetzt war er tot.

„Danke", knurrte ich und nahm die Kuchen entgegen. Die

Nachbarn dachten wohl, dass wir wie Neandertaler essen; aber der Großteil der Essensgeschenke würde wohl in der Tonne landen.

„Wie geht es dir?", fragte sie. Schon wieder so eine dumme Frage, aber so konnte ich wenigstens Leila länger anblicken.

„Gut." Ich wünschte, Leila würde in meine Richtung schauen, aber scheinbar schien sie etwas anderes abzulenken.

„Hi, Micah", rief sie.

Mein Bruder stellte sich neben mich in die Eingangstür. „Hi, Leila!"

Seine Augen begannen zu leuchten und aus seiner Stimme sprach echte Freude.

Na, sieh mal an – er ist ja doch da.

Micah schob sich an mir vorbei und trat auf die Veranda hinaus, wo er Leila mit glänzenden Augen anblickte.

„Tut mir so leid wegen deiner Mom und deinem Dad." Sie seufzte leise und ging in die Hocke, um mit ihm auf Augenhöhe zu sein. „Brauchst du irgendetwas? Kann ich etwas für dich tun?"

Es war, als wäre ich überhaupt nicht da! So langsam nahm ich ihr Verhalten persönlich. Schließlich hatte auch ich meine Eltern verloren. Wieso hatte sie mit mir kein Mitgefühl? Mich hatte sie nicht gefragt, ob ich etwas brauchte.

Oder war das egoistisch von mir?

Zu allem Überfluss drehte Micah sich auch noch zu mir um und warf mir einen finsteren Blick zu. Die gleiche Verachtung sprach auch aus Leilas Blick, als sie ihn endlich zu mir erhob.

Was ist hier los? Wieso sieht sie mich so an? Ich habe sie nicht mehr gesehen, seit wir Teenies waren. Sie hat nur Gerüchte über mich gehört. Was für eine voreingenommene Zicke!

Voller Absicht drehte Micah sich wieder zu ihr um und schüttelte den Kopf, aber die Bedeutung war klar – er wollte mich nicht hier haben.

„Nein", versicherte er ihr. „Alles gut."

Leila richtete sich auf und blickte mich absichtlich nicht an, aber ich wusste genau, dass sie mich mit Blicken töten wollte. Als ob es meine Schuld wäre, was da passiert war.

Bin ich in einen Hinterhalt geraten?

Ich erkannte die Wut, die sich in meinem Magen zusammenbraute. Ich spürte sie jedes Mal, wenn ich nach Alpena zurückkehrte.

Da bin ich also wieder und muss mich von jedem verurteilen lassen.

„Hast du ein Handy?", fragte Leila meinen Bruder, aber sie tat es ganz leise, als hätte sie auf einmal gemerkt, dass ihre Mutter und ich uns zu sehr für ihr kleines Gespräch interessierten. Sie errötete leicht.

„Natürlich."

„Hol es und ich speichere dir meine Nummer. Wenn du etwas brauchst, kannst du mich einfach anrufen."

Micah eilte davon wie der Blitz und ließ mich in einer peinlichen Stille mit den Butler-Frauen zurück.

Carla räusperte sich nervös und warf ihrer Tochter einen seltsamen Blick zu.

„Und... Jason, du kannst uns natürlich auch anrufen", fügte Carla uninspiriert hinzu, aber es war klar, dass ich eigentlich nicht damit gemeint war.

„Klar", murrte ich. „Vielen Dank."

„Hast du schon Vorbereitungen getroffen für die... Bestattungen?", fragte Carla zaghaft. „Wir würden gerne die letzte Ehre erweisen."

Ich nickte. „Die Beerdigung ist am Freitag um vier. Am Donnerstag von drei bis sieben stehen die Särge in der Kapelle aus."

„Wir werden vorbeikommen", versicherte Carla mir. Seltsamerweise beruhigte mich das, obwohl ich spürte, wie sehr sie gegen mich war. Es tat gut, zu wissen, dass ich aus der Masse an Gesichtern wenigstens zwei kennen würde.

„Toll." Es war nicht einfach, ihnen dankbar zu sein, wenn ich praktisch ihre Gedanken lesen konnte – sie fanden, dass ich hier nicht hingehörte.

Ich will selbst auch nicht hier sein! Ich sollte in LA sein und mich mit Sony treffen, nicht irgendwelche selbstgebackenen Kuchen und halbseidenen Beileidsbekundungen entgegennehmen.

Verdammt! Sony.

So unmöglich das auch erschien, ich hatte das Meeting vergessen. Mein Handy war ausgeschaltet gewesen, seit ich in LA in das Flugzeug gestiegen war, und ich hatte es nicht mehr angeschaltet, als ich in Michigan angekommen war.

„Entschuldige." Micah kam wieder zur Tür gerannt, aber ich drängte mich an ihm vorbei.

Er brauchte mich nicht – das hatte er mir von Anfang an klar gemacht. Er hatte mehr Freunde als nur mich in Alpena.

Der Flug war wie in Trance vergangen; die Taxifahrt zum Haus und die Gespräche mit den Leuten waren auch nicht völlig zu mir durchgedrungen. Niemand interessierte sich wirklich für mich, aber langsam lichtete sich der Nebel und ich entdeckte mein Handy in der Tasche meiner Jacke. Ich musste Daryn sagen, was los war, das war das Mindeste. Der Rest der Band konnte warten.

Als ich das Handy anschaltete, wurde es überflutet von SMS und verpassten Anrufen. Ich hatte kaum mein Telefonbuch aufgerufen, als es schon wieder klingelte. Es war Daryn. Wahrscheinlich hatte sie durchgehend versucht, mich zu erreichen.

„Hey." Mehr brachte ich nicht zustande. Sie gab mir nicht einmal die Zeit, einen Satz zu formulieren.

„Hey? HEY?! Das ist alles, was du zu mir zu sagen hast? Ist dir klar, wie sehr du verkackt hast? Ich habe um halb acht heute

Morgen eine Limo zu dir nach Hause geschickt. Einen verfickten Hummer, Jayce, randvoll mit – "

„Meine Eltern sind letzte Nacht gestorben."

Wenigstens wusste ich, weshalb sie so überrascht war. Leider konnte ich mich nicht im Geringsten freuen.

Die Stille, die darauf folgte, hätte man mit einem Messer schneiden können. Ich ließ mich auf das Bett im Gästezimmer sinken und starrte die Decke an. Wie aus dem Nichts wurde mir die volle Tragweite dieses Ereignisses klar.

„Was?", brachte Daryn endlich heraus. „Jayce, ist das dein Ernst?"

Ich atmete tief ein, aber ich konnte nicht wirklich atmen. Ich hatte Schmerzen in der Brust und kämpfte mit den Tränen.

Verdammt noch mal!

Ich biss die Zähne zusammen und versuchte, wieder zu Atem zu kommen.

„Jayce, bist du da?"

„Ja." Ich presste das Wort hervor.

„Was ist passiert? Wo bist du?"

„Ich bin in Michigan. Die Beerdigung ist in ein paar Tagen."

„Himmel, es tut mir so leid, Jayce. Wenn ich das gewusst hätte, hätte ich dich natürlich nicht so zur Sau gemacht. Warum hast du mich nicht angerufen?"

Ich konnte keine Antworten formulieren – so gut funktionierte mein Hirn noch nicht.

„Kannst du mir einen Gefallen tun?"

„Was du willst! Soll ich zu dir kommen? Soll ich die Vorbereitungen treffen? Sag es mir!"

„NEIN!" Dass sie kam, war das Letzte, was ich wollte. Die nächsten Tage würden unfassbar schwer sein und ich wollte nicht, dass Daryn mich so am Boden zerstört erlebte. In ihrer Gegenwart wollte ich die Dinge professionell halten und wollte deshalb nicht, dass sie mich in instabilem Zustand sah, egal was die Umstände waren.

„Nein", wiederholte ich noch einmal weniger emotional. „Sag einfach der Band, was los ist. Bist du heute zu dem Meeting gefahren?"

„Vergiss das Meeting."

Ihre Antwort machte mich fertig. Sie war deutlich genug – ich hatte meine Chance verpasst; die Chance, für die wir uns den Arsch aufgerissen hatten. Die Band würde mir nie vergeben.

„Kannst du das für mich tun?" Ich spürte wieder keinen Boden unter mir, schwebte irgendwo unter der Decke. Ich erkannte mich selbst nicht einmal mehr, wie ich da so auf dem Bett lag. Ich sah überhaupt nicht aus wie ein rebellischer Rockstar. Plötzlich war ich nur ein kleiner Junge, der seine Eltern verloren hatte und mit der neuen Situation fertig werden musste.

„Natürlich tue ich das", seufzte Daryn. „Bist du sicher, dass ich nicht kommen soll?"

„Ganz sicher."

„Alles klar, Jayce... wenn ich irgendetwas für dich tun kann, egal was..."

„Ich melde mich bei dir. Vielleicht ist mein Handy ab und zu aus."

„Ich mache keinen Druck. Ruf an, wann du willst."

Ich nickte, obwohl ich wusste, dass sie mich nicht sehen konnte, und legte auf, ohne mich zu verabschieden.

Ich blieb liegen, wo ich war, starrte die weißen Strudel an der Decke an und versuchte, alles zu begreifen. Je mehr ich darüber nachdachte, desto wirrer schien mir mein Leben auf einmal.

Ein klopfen an der Tür lenkte mich ab und obwohl ich keine Antwort gab, öffnete sie sich.

Carla Butler stand an der Türschwelle und sah ziemlich unbehaglich aus.

„Jason…"

Ich drehte mich zu ihr um, ohne mich aufzusetzen. Ich dachte darüber nach, ihr zu sagen, dass ich jetzt Jayce hieß, aber es war mir meine Kraft nicht wert. Es wäre ihr ohnehin egal gewesen.

„Leila und ich bleiben ein wenig bei euch, wenn das in Ordnung ist. Micah hat uns darum gebeten."

Ich richtete mich auf.

„Ist nicht nötig. Wir haben alles im Griff."

„Nun… du hast Besuch", verkündete Carla.

„Na und? Hier gehen dauernd Leute ein und aus."

„Nein, Jason, das ist eine andere Art Besuch."

Warum sprach sie in Rätseln anstatt zu sagen, was sie sagen wollte?

„Mrs. Butler, bei allem Respekt, ich kann jetzt gerade nicht Ratergarten mit ihnen spielen."

„Es ist der Anwalt deiner Eltern."

Was?! Ich hatte zwar keine Erfahrung mit solchen Dingen, aber sicherlich war das hier ein seltsamer Zeitpunkt, um das Erbe zu besprechen. Meine Eltern lagen noch in der Leichenhalle.

„Jetzt?"

Carla sah mich peinlich berührt an und senkte die Augen.

„Darum musst du dich eher früher als später kümmern, Jason."

Wieder wünschte ich, sie würde einfach Klartext reden. Sie schien meine Verzweiflung zu spüren, doch als sie wieder den Mund aufmachte, wurde meine Welt noch ein Stück düsterer.

„Das Sorgerecht für Micah, Jason. In so einem Fall haben deine Eltern es dir übertragen."

4

LEILA

Ich war nicht froh darüber, bei den Jensens zu bleiben, aber hatte ich eine Wahl? Micah wollte, dass wir blieben und der Anwalt hatte darauf bestanden, mit Jayce zu sprechen. Es tat dem Jungen nicht gut, auch nur ein paar Minuten alleine zu sein, wenn die Trauer noch so stark war.

Jayce und der Anwalt unterhielten sich unten im Wohnzimmer, während ich mich mit Micah in sein Zimmer zurückzog. Was tat Mom wohl gerade? Wahrscheinlich lauschte sie an der Tür, obwohl sie die Unterhaltung nichts anging. Aber davon abhalten würde ich sie auch nicht.

„Was passiert jetzt mit mir?", fragte Micah auf einmal.

Ich konzentrierte mich wieder auf ihn. „Wie meinst du das?"

„Muss ich ins Heim?"

Bei seinen Worten stellten sich mir die Härchen im Nacken auf und ehe ich mich aufhalten konnte, hatte ich bereits den Kopf geschüttelt.

„Nein, Micah, natürlich nicht!"

Wieso hatte ich das bloß gesagt? Ich wusste schließlich nicht, was geschehen würde. Ich konnte mir nicht vorstellen, dass Jayce in Alpena bleiben und auf ihn aufpassen würde – er hatte vor ein paar Jahren seine Familie einfach sitzen gelassen – zumindest hatte ich das gehört.

Als ich noch ein Teenager war, war er einfach nach LA abgedampft und den Gerüchten zufolge war Jayce einfach ein verlorener Rebell, der sich ausschließlich dafür interessierte, Songs zu schreiben. Vor vier Jahren war er noch einmal zu Weihnachten angereist, danach nie wieder.

Ich würde lügen, wenn ich behaupten würde, ich hätte noch nie auf Spotify nach seiner Musik gesucht. Seine Stimme jagte mir eiskalte Schauer über den Rücken, wenn er sang. Dieser Kerl hatte Talent, aber Talent konnte man eben nicht mit Charakter gleichsetzen. So viel stand fest.

Aber wieso war er nur so verdammt gutaussehend? Ich konnte kaum seinen Blick erwidern, wenn er mich mit seinen durchdringenden, haselbraunen Augen anblickte. Ich hatte das Gefühl, er fordere meine Aufmerksamkeit von mir, zwinge mich dazu, ihn anzublicken, und das machte mich verrückt – ich konnte ihm kaum widerstehen!

„Aber deshalb ist doch dieser Mann hier. Um mich mitzunehmen", beharrte Micah und brachte mich wieder auf den Boden der Tatsachen zurück.

„Nein! Micah, dieser Mann ist ..."

War, korrigierte mein Kopf mich automatisch, aber ich sprach es nicht laut aus.

„Dieser Mann ist der Anwalt deiner Eltern. Er ist gekommen, um sich mit Jayce über die gesetzlichen Bestimmungen zu unterhalten."

„Nämlich das, was mit mir passieren wird."

Seit wann waren Kinder so klug? Wusste er überhaupt, was für Gesetzmäßigkeiten in solchen Fällen in Kraft traten?

Du hast nicht deine beiden Eltern in diesem Alter verloren, rief ich mir ins Gedächtnis und mein Herz schwoll an vor Mitgefühl.

„Das ist die oberste Priorität", verriet ich ihm leise. „Aber Micah, du hast doch Onkel und Tanten, nicht wahr?"

„Nicht in diesem Bundesstaat."

Vielleicht würde er dann in einen anderen Staat ziehen? Was auch immer in diesem Meeting geschah, Jayce würde sich wohl kaum um seinen kleinen Bruder kümmern wollen... oder etwa doch?

Wie konnte ich nur darüber urteilen? Ich kannte diesen Typen schließlich nicht und obwohl ich ihn eigentlich hatte hassen wollen, machte er mir das nicht gerade einfach mit seinem intensiven Blick.

Wenn Leute traurig sind, lassen sie das an anderen aus. Mit Sicherheit ist er nicht immer so mürrisch.

„Was auch immer geschieht, du kommst zu Leuten, die dich lieben und sich um dich kümmern wollen", versprach ich Micah. „Du musst dir keine Sorgen machen."

Mehr brachte ich nicht zustande.

„Wenn du meinst", murrte er wenig überzeugt. Hatte ich alles nur noch schlimmer gemacht? Was, wenn er doch ins Heim musste? Er würde mich dafür hassen, dass ich ihn angelogen hatte.

„Klopf, klopf", rief meine Mutter vom Gang aus. Sie hielt ein Tablett mit Milch und Torte in den Händen.

„Hier", sagte sie und stellte das Tablett auf Micahs Nachttisch ab. „Ich habe dir etwas zu Essen gebracht. Leila, könnte ich mal kurz mit dir reden?"

Micah schien auf einmal mehr an Moms Apfelkuchen interessiert zu sein, als an unserem Gespräch.

Ich stand auf und folgte ihr in den Gang. Wir standen direkt an der Treppe, die nach unten führte. Mom blickte mich sorgenvoll an.

„Jason bekommt das Sorgerecht für Micah", sagte sie, sodass Micah uns nicht hören konnte.

Das hatte ich bereits erwartet. Obwohl ich enttäuscht war, wusste ich nicht, ob ich verächtlich schnauben oder mit den Schultern zucken sollte. Ich hatte mir Besseres für ihn erhofft.

„Ich bin überrascht, dass Beth und Gary ihm das Sorgerecht vermacht haben", bemerkte ich. „Angesichts der Tatsache, dass ihr Verhältnis zerrüttet war."

„Ich nicht."

Mom lächelte mich schwach an.

„Es gibt keine stärkere Verbindung als die zwischen Geschwistern", erklärte sie mir sanft. „Sie verbindet die gleiche DNA. Wer sollte sich besser um Micah kümmern können als sein eigener Bruder? Ob es uns gefällt oder nicht, sie stammen von den gleichen Menschen ab."

Obwohl sie mit ihrer Beobachtung recht hatte, war das wohl kaum ein Grund, einen kleinen Jungen einem Kerl zu überlassen, der sich ungern an einen Ort band.

„Jayce kennt Micah nicht einmal!", explodierte ich und war auf einmal ungewöhnlich wütend. „Micah will doch nicht mit irgendeinem komischen Menschenhasser zusammenleben!"

„Genau das meine ich", seufzte Mom. „Jason ist kein Fremder für ihn, auch wenn sie sich nicht besonders nahe stehen. Gary und Beth wussten schon, was sie tun."

„Glaubst du wirklich?"

Ich spannte mich an, als Jayce auf einmal im Gang auftauchte, das Gesicht rot vor Wut. Ich hatte nicht einmal gehört, wie er die Treppen hinaufgekommen war. Mom und ich wechselten einen beschämten Blick und studierten dann den Boden.

„Du glaubst also, mir die Sorge für ein zehnjähriges Kind zu übertragen, ist ein Zeichen dafür, dass sie wussten, was sie taten? Ich sehe das nämlich ganz anders." Seine Augen blitzten empört auf. „Ich glaube, dass mein Vater mir damit zum letzten Mal noch eins auswischen wollte."

Er dachte anscheinend, dass sein Vater es als eine Strafe ansähe, Micah eine schöne Kindheit zu verschaffen.

Ihm geht es nur um seine eigenen Bedürfnisse. Deshalb ist er so wütend.

„Das ist sicher ein Schock für dich, Jason – ", setzte meine Mutter an, aber er schnaubte nur und warf die Hände hoch.

„Du weißt gar nichts über mein Leben, Carla", fuhr er sie an und wandte sich von uns ab. „Nur weil du die Version meiner Eltern gehört hast, heißt das nicht, dass du auch nur irgendetwas über mich weißt. Zum Beispiel meinen Namen. Ich heiße Jayce. Jayce Joyce."

Er rannte wieder die Treppen hinunter und wir blickten einander schockiert an. Ich spürte zugleich Mitgefühl und Wut.

„Du solltest mit ihm reden", schlug Mom vor und ich kicherte zweifelnd.

„Ich? Wieso? Was soll ich ihm schon groß raten?"

Ich würde ihn wahrscheinlich nur noch wütender machen. Und möglicherweise wäre mir das sogar egal.

„Du bist nicht so sehr in diese Geschichte verwickelt, Leila. Er wird dich nicht als den Feind ansehen. Er trauert gerade und er braucht jemanden, mit dem er darüber sprechen kann. Er faucht uns nicht an, weil er wütend ist; er tut das, weil er verletzt ist. Das ist die erste Phase der Trauer, Liebes. Rede mit ihm."

Wieso war ich in dieser Lage gelandet? Bei dem Blick, den Mom jetzt drauf hatte, konnte ich mich ihr nicht widersetzen. Dieser Kerl hatte gerade seine Eltern verloren und musste sich nun um einen Zehnjährigen kümmern. Ich musste wirklich nachsichtig sein und ein wenig Mitgefühl aufbringen, auch wenn ich es am liebsten nur Micah gespendet hätte, der es so viel mehr verdient hatte.

„Von mir aus."

Ich fand Jayce vor, wie er ausdruckslos aus dem Küchenfenster starrte. Er sah mich erst nicht und ich hatte die Gelegenheit, sein raues, schönes Profil zu mustern.

Draußen dämmerte es gerade; die Tage waren schon jetzt so viel kürzer. Nächste Woche würde Erntedankfest sein und ich fragte mich, ob Jayce überhaupt etwas hatte, wofür er dankbar sein konnte.

Seinem Gesichtsausdruck nach, schien er sich nicht gerade gesegnet zu fühlen. Sein Kiefer war angespannt und seine dunklen Augen blickten emotional aufgeladen vor sich hin. Wieso musste ich das bloß tun?

„Willst du mich weiter einfach nur anglotzen oder bist du hergekommen, um irgendwas zu tun?"

Ich wurde rot vor Scham.

„Ich, ähm, ich bin heruntergekommen, um nachzusehen, ob es dir gut geht." Meine Worte klangen geradezu lächerlich, als ich mich selbst reden hörte. Natürlich ging es ihm nicht gut. Selbst wenn er ein egoistisches Arschloch war, konnte es ihn unter diesen Umständen auf keinen Fall gut gehen.

„Leila, ich brauche keinen Babysitter."

Er erinnerte sich also an meinen Namen.

Ich hätte mich am liebsten in den Arsch gebissen. Wen interessierte es schon, ob er sich an meinen Namen erinnerte? Weshalb war das relevant?

„Wirst du in Alpena bleiben?"

Ich beschloss, nicht länger um den heißen Brei herumzureden. Das führte nirgendwo hin und wie sollte ich bitte mit ihm Smalltalk führen, wenn er so wütend aussah, so... niedergeschlagen?

„Ich habe ja jetzt wohl keine Wahl mehr", keifte er mich an.

Zögerlich betrat ich die Küche und blieb vor der Kücheninsel stehen.

„Du hast immer eine Wahl", erklärte ich ihm sanft. „Ich

habe gehört, dass du Verwandte hast, die Micah aufnehmen könnten."

Er riss den Kopf herum und funkelte mich an, als stünde ich in Flammen.

„Ich schicke Micah doch nicht zu irgendwelchen Leuten, die er überhaupt nicht kennt!"

Diese Antwort hatte ich nicht erwartet.

„Er kennt dich auch nicht, Jayce."

Sein Gesichtsausdruck verriet mir, dass das nicht die richtigen Worte gewesen waren, aber nun war es bereits zu spät.

„Wenn du hergekommen bist, um mich fertigzumachen, ist dir das gelungen", knurrte er und wandte sich von mir ab. „Ich schiebe meinen Bruder doch nicht zu einem Onkel ab, der sich in dreißig Jahren nicht die Mühe gemacht hat, uns eine Weihnachtskarte zu schicken, oder zu einer Tante, die mit sechzig Katzen in einem Haus lebt. Aber danke, dass du diese Möglichkeiten hervorgehoben hast."

Seine Worte trieften vor wütendem Sarkasmus.

„Ich bin nur hergekommen, um dir zu helfen." Ich merkte, wie ich immer weiter auf ihn zuging. Nun streckte ich meine Hand aus, um seinen muskulösen Bizeps durch den dünnen Stoff seines roten Baumwollhemdes zu berühren. Das Shirt stand ihm ausgezeichnet.

Jayce drehte sich um und blickte meine Hand an, aber er wich meiner Berührung nicht aus.

Langsam wanderte sein Blick meinen Hals hinauf bis zu meinem Gesicht. Ich wurde rot, wusste aber nicht, wie ich mich dagegen wehren sollte – meine Hand ganz plötzlich wegreißen? Ich hatte das Gefühl, dass elektrische Schübe durch meinen Körper strömten. Ich hätte ihn nicht berühren sollen, aber nun konnte ich nicht mehr weg. Nicht wenn ich gerade ein wenig zu ihm durchdrang.

Mit voller Absicht strich seine Hand über meine und begrub meine schlanken Finger darunter. Mir wurde schwindelig.

Das war alles so falsch.

„Weißt du, wie du mir helfen könntest?", fragte er mit heiserer, tiefer Stimme. Mir lief ein kühler Schauer über den Rücken, während ich auf die Antwort aus seinem Mund wartete.

„Wie?", hauchte ich. „Sag es mir und ich werde es tun."

Auf einmal riss er meine Finger von seinem Bizeps und schleuderte meine Hand verächtlich von sich.

„Du kannst dich um deinen eigenen Kram kümmern. Du und deine Mutter. Wenn ihr glaubt, ihr könnt euch Munition für Gerüchte holen, indem ihr in diesem Haus herumschnüffelt und so tut, als wolltet ihr helfen, habt ihr euch geirrt."

Damit stürmte er aus der Küche und ließ mich verblüfft zurück. Ich fühlte mich schrecklich bloßgestellt und in meinen Tränen brannten die Augen. Ich biss die Zähne zusammen.

Er ist ein Arschloch.

„Er trauert." Meine neugierige Mutter hatte alles mitgehört. „Aber gib nicht auf."

Ich lachte trocken. „Ich finde, er hat seinen Standpunkt ziemlich deutlich gemacht, Mom. Er glaubt, wir stecken bloß unsere Nase in fremde Angelegenheiten. Wir sollten ihn in Ruhe lassen."

„Leila, weißt du, was ein verletztes Tier tut?"

„Mom, ich – "

„Es greift alle an, die versuchen, ihm zu helfen, und wenn es sicher ist, dass niemand mehr es retten wird, stirbt es einsam und alleine."

Der Gedanke daran, dass ein weiteres Mitglied von Micahs Familie das Zeitliche segnen könnte, machte mir Angst. Mom sprach zwar bildlich, aber trotzdem durchlief mich dabei ein eiskalter Schauer. Wenn Jayce auch noch etwas geschah, wäre Micah wirklich allein.

„Obwohl es Hilfe braucht, wird es alle von sich abweisen, um alleine zu sterben. Verdeutlicht das nicht etwas?", schloss Mom. Sie schien ziemlich stolz auf ihren Vergleich zu sein.

„Erstens ist Jayce kein verletztes Tier. Und zweitens würde ich auch keinem verwundeten Tier mehr helfen, wenn es mich schon einmal angegriffen hätte."

„Natürlich würdest du das", lachte Mom. „Das liegt in deiner Natur. Du bist eine Helfernatur, genau wie ich. Du bist mir viel ähnlicher, als du denkst."

Ich wünschte, sie würde nicht immer solch dummes Zeug reden. Ich hasste Streit, das stimmte, aber ich würde nie mein Seelenheil riskieren, um irgendeinem Unsympathen aus der Patsche zu helfen – ob er nun trauerte oder nicht.

Ich dachte an meine Kollegen zurück, die in der Fabrik rumrandaliert hatten. Sie hätte ich vielleicht auch aufhalten können, aber ich hatte es nicht getan.

Und sie mochte ich. Ich bezweifelte sehr, dass man Jayce Joyce überhaupt liebgewinnen konnte.

„Ich gehe nach Hause. Kommst du mit?"

„Du willst gehen?", rief Micah aus. „Ich dachte, du würdest noch bei mir bleiben."

Ich zwang mich zu einem Lächeln und ignorierte den wissenden Blick meiner Mutter. Wie lange stand er nun schon in der Küchentür und lauschte? Ich suchte fieberhaft nach einer Ausrede.

„Ich kann noch ein Weilchen bleiben, Micah", beschwichtigte ich ihn. Ich tat das nur für ihn. Irgendjemand musste sich schließlich um ihn kümmern.

Ich sah eine Bewegung im Esszimmer, doch dann war dort niemand. Hatte Jayce auch gelauscht?

Was interessiert dich das überhaupt? Du bist wegen Micah hier, nicht wegen ihm.

Doch das glaubte ich mir nicht einmal selbst.

5

JAYCE

Daryn erschien zu der Beerdigung. Ich wünschte tatsächlich, sie hätte das nicht getan – durch ihre Anwesenheit wurde die ohnehin schon unmögliche Situation tausendmal schlimmer. Ich riss mich zusammen, obwohl ich das wohl auch getan hätte, wenn sie nicht auf einmal aufgetaucht wäre. Vor Unbekannten die Fassung zu verlieren wollte ich mir auf keinen Fall leisten, egal wie hoch der Druck auf mich lastete.

Meine Bandkollegen wussten immer noch nicht, was geschehen war, und selbst Daryn wusste nicht, dass ich erst einmal in Alpena bleiben müsste, bis ich entschieden hatte, wie ich Micah nach LA umsiedeln könnte.

Das war zumindest mein Plan. Wahrscheinlich würde es viel schwieriger werden, ihn in die Tat umzusetzen. Der Schulwechsel, der Verkauf des Hauses – das waren nur die ersten Hürden, die mir dabei einfielen. Was würde sonst noch auf mich zukommen?

Los Angeles war nicht der beste Ort, um ein Kind großzuziehen, und wie würde es Micah außerdem aufnehmen, von dem Ort weggebracht zu werden, an dem er seine ganze Kindheit verbracht hatte? Mit Sicherheit hatte er Freunde, obwohl ich noch nie einen davon gesehen hatte. Vielleicht hatte er ihnen gesagt, sie sollten wegbleiben. Aber selbst ich war ja auch ausgesprochen selten hier.

Wenn es gut lief, redete mein Bruder kaum mit mir. Er hasste mich, wie scheinbar alle in dieser Stadt. Ich hatte keine Ahnung, wie ich mich mit ihm unterhalten sollte. Wie sollte ich einem Kind erklären, warum ich gegangen war? Er würde das erst verstehen, wenn er alt genug war und selbst seinen Träumen hinterherlief. Oder vielleicht wäre er wie mein Vater und hielte mich für einen egoistischen Idioten.

Micah hätte sich wahrscheinlich einfach in seinem Zimmer eingesperrt und den ganzen Tag nur Mario Kart gespielt, wenn Leila nicht gewesen wäre. Er fuhr mit ihr einkaufen und sie brachte ihn ab und zu von der traurigen Atmosphäre des Hauses weg. Wenn sie bei uns blieb, spielten sie Brett- oder Computerspiele.

Ich freute mich auch auf Leilas Besuche. Sie sorgten für eine Unterbrechung der Monotonen Stimmung, während ich versuchte, meine Gedanken einzuordnen.

Ich musste mir über so viele Dinge Gedanken machen! Ich besaß nun ein Haus und hatte das Sorgerecht für ein Kind. Ich hatte außerdem ein Haus und eine Karriere in LA. Und nun saß ich hier und nahm die Dinge einfach nicht in die Hand. Ehrlichgesagt wusste ich nicht einmal, wo ich anfangen sollte.

Wenn sie zu uns nach Hause kam, wich Leila mir aus und verbrachte all ihre Zeit mit Micah, aber so oft es ging, versuchte ich, einen Blick auf sie zu erhaschen. Es war für mich immer noch schwer zu begreifen, dass sie das gleiche Mädchen war, das ich aus meiner Kindheit noch kannte.

Ich schämte mich dafür, wie ich sie am Tag nach dem tödlichen Unfall meiner Eltern behandelt hatte, aber Entschuldigungen waren nicht gerade meine Stärke. Man hätte die Sache auch einfach vergessen können, aber nun blickte sie mir nicht einmal mehr in die Augen.

„Wie geht es dir?", fragte meine Agentin mich nach der Beerdigung. Meine Eltern waren auf dem Chestnut Field Friedhof begraben worden, der am Stadtrand von Alpena lag. Ich konnte gar nicht glauben, wie viele Leute zum Begräbnis gekommen waren. Man hatte meine Eltern offensichtlich sehr geschätzt und ich verspürte tatsächlich ein wenig Stolz, als ich hörte, was sie alles für die Gemeinde getan hatten; ich hatte davon nie gewusst.

Das verstärkte allerdings auch meinen Unmut gegenüber mir selbst. In Alpena hatte man sie geliebt. Mom hatte ehrenamtlich für das Krankenhaus gearbeitet; mein Vater hatte unendlich viel Geld an wohltätige Zwecke gespendet...

„Geht schon", log ich Daryn an und ging zu der gemieteten Limousine zurück, mit der Micah und ich zum Friedhof gefahren waren. Er saß bereits im Auto und ich ging nur langsam auf den Wagen zu, denn ich wusste, dass er weinte. Ich wollte ihn in seiner Trauer nicht stören.

Es war endgültig zu ihm durchgesickert und nun konnte er sich gar nicht mehr zusammenreißen. Bevor er sich in das Auto zurückgezogen hatte, hatte er mich angebrüllt, ich solle ihn in Ruhe lassen.

Er ist meinem Vater so ähnlich... und mir auch. Er will nicht, dass ihn andere Leute in so großer Trauer erleben.

Das war vielleicht keine gute Sache, aber ich wusste nicht, wie ich damit umgehen sollte.

Ich kannte mich mit Musik aus, nicht damit, jemanden zu erziehen. Was sollte ich also mit einem kleinen Bruder anfangen, der es sich in den Kopf gesetzt hatte, mich zu hassen?

„Ich habe mit der Band geredet", erklärte Daryn, während wir vor der Limo stehen blieben. „Sie sprechen dir ihr herzliches Beileid aus und sagen, du sollst anrufen, sobald du dich dazu bereit fühlst."

„Ich bin dazu bereit! Ich habe nur eine Menge um die Ohren."

Daryn lächelte schwach. „Du weißt schon, was ich meine, Jayce. Sie machen dir keinen Druck, aber sie würden eben gerne von dir hören."

Sie wollen nur wissen, wie lange das unsere Karriere ausbremsen wird. Ich sprach meine Vermutung nicht laut aus. Schließlich war es nicht Daryns Schuld oder die Schuld der Jungs. Niemand hätte so etwas ahnen können. Es stand auch auf meiner Liste, sie anzurufen – aber eben relativ weit unten.

„Richte ihnen einen Dank für den Trauerkranz aus, den sie mir geschickt haben. Ich werde mich bald bei ihnen melden."

Daryn musterte mich nachdenklich mit ihren weisen, grauen Augen.

„Also willst du erst einmal eine Weile hierbleiben?"

„Weiß ich doch nicht!" Ich war viel zu angespannt, um nun eine Entscheidung zu treffen. „Lieber Himmel, Daryn, meine Eltern sind noch nicht einmal unter der Erde. Irgendwelche Anwälte wollen den Unfallverursacher anklagen. Meine Nachbarn drängen mir alle ihre ungebetenen Ratschläge auf... und dann muss ich mich noch um ein Kind kümmern – "

Daryn streckte ihre Hand aus und legte sie auf meinen Arm. Mir war der Kragen geplatzt, aber es war nicht angemessen oder absichtlich gewesen.

„Ich mache dir keinen Druck", warf sie ein. „Ich versuche nur, dir zu helfen. Das Meeting mit Sony..."

Mein Herz setzte einen Schlag aus. Ich biss die Zähne zusammen und machte mich darauf gefasst, was sie sagen würde.

„Ich weiß", seufzte ich. „Es war ein Reinfall."

Sie erwiderte nichts, aber das war auch gar nicht nötig. Trotzdem war ich ihr dankbar, dass sie es mir nicht hinrieb.

Als er sah, wie wir neben der Limo standen, eilte der Chauffeur auf einmal auf uns zu, um uns die Tür aufzuhalten, doch Daryn ließ meinen Arm nicht los.

„Jayce, wir sind für dich da, in Ordnung? Ich weiß, dass du gerne die Dinge mit dir selbst ausmachst, aber das musst du nicht."

Ich hörte nicht zu, denn Micah saß nicht mehr alleine in der Limo. Leila war bei ihm und hielt ihn im Arm. Micah schlief, sein Gesicht tränenüberströmt. Ein ganz und gar liebevolles Gefühl erfüllte meine Brust, als ich die beiden so sah.

Leilas blaue Augen verdunkelten sich, als sie sah, wie Daryn an meinem Arm festhielt. Ihre vollen Lippen zuckten und sie legte sanft ihren Zeigefinger an die Lippen, um uns ein Zeichen zu geben, still zu sein, bevor sie Micah weiter über das Haar strich.

„Ich melde mich bei dir", flüsterte Daryn und beugte sich vor, um mir einen Kuss auf die Wange zu geben. Ich ließ Leila nicht aus den Augen, als ich in den Wagen stieg.

Der Fahrer schloss die Tür ganz leise, um Micah nicht zu wecken. Er rührte sich nicht.

„Deine Freundin?", flüsterte Leila mit einem Anflug von Verachtung.

„Meine Agentin."

Sie blickte einen Augenblick verlegen drein, doch sie sah mir dabei nicht in die Augen.

„Er hat sich in den Schlaf geweint", flüsterte sie. „Das hat er wirklich gebraucht."

Ich nickte, aber ich konnte meinen Blick nicht von ihr losreißen. Sie war so ein Naturtalent mit Micah, so zärtlich. Sie wusste, wie sie mit ihm umzugehen hatte.

„Nach Hause, Mr. Jensen?", fragte der Chauffeur leise.

Ich schüttelte den Kopf. „Können Sie eine Weile einfach nur umherfahren? Ich möchte meinen Bruder nicht wecken."

Das war allerdings nur die halbe Wahrheit. In Wirklichkeit wollte ich Zeit mit Leila verbringen. Nun sah ich sie in einem völlig anderen Licht. Vielleicht war sie tatsächlich keine neugierige Nachbarin, die mich nur kritisierte. Vielleicht stand sie auf meiner Seite.

Dieses Gefühl war ich nicht gewohnt und es kostete mich Mühe, es anzunehmen.

Helen, die Schwester meiner Mutter, und Fred, der Bruder meines Vaters, schliefen zur Zeit bei uns, damit sie die Gäste und ihre Beileidsbekundungen aufnehmen konnten. Micah und ich wurden zu Hause also nicht so schnell gebraucht.

„Wie kommt es, dass du jeden Tag Zeit für ihn hast? Arbeitest du nicht?"

So hätte ich das nicht fragen sollen. Offenbar war ich kein großer Diplomat.

Leila runzelte die Stirn, schüttelte aber dann den Kopf. „Ich bin gerade von Waxman entlassen worden."

Meine Stirn legte sich in Falten. Davon hatte ich gehört – die Textilfabrik hatte hunderte Angestellte von heute auf morgen aus ihrem Gebäude ausgesperrt.

Direkt vor Weihnachten. Astrein.

„Wie lange hast du dort gearbeitet?"

„Fünf Jahre."

Leila Butler schien mir nicht gerade wie jemand, der in einer Fabrik arbeiten würde. Sie war so... elegant?

„Das ist ja scheiße."

„Ja." Sie lachte.

Darauf folgte eine unbehagliche Stille.

„Und was willst du jetzt arbeiten?"

Sie blickte mich nachdenklich an und strich Micah durch die Haare. Eine Sekunde lang war ich seltsam neidisch auf

meinen kleinen Bruder und wünschte, mein Kopf läge in ihrem Schoß. Was sie wohl täte, wenn ich den Versuch unternähme?
Wahrscheinlich würde sie mir eine reinhauen.
„Ich suche noch. Es ist nicht so leicht, während der Feiertage Arbeit zu finden." An ihrem Tonfall war zu erkennen, dass der Arbeitsmarkt in Alpena nicht gerade viel hergab.

Während das Auto geschmeidig über die Straßen fuhr, entstand in meinem Kopf ein Plan, während ich Leila anblickte. Sie merkte es sofort.

„Wieso glotzt du mich so an?"

„Ich denke nur nach."

„Geht das auch, indem du woanders hinguckst?"

Ich grinste und lehnte mich im Sitz zurück.

„Und was ist mit dir?", fragte sie, als ich nichts weiter sagte. „Was willst du mit deiner Karriere anfangen?"

Mein Grinsen verging mir sofort.

„Dafür ist jetzt nicht der richtige Zeitpunkt", wehrte ich die Frage ab.

„Deine Songs sind echt gut."

Ich war überrascht.

„Du hast sie dir angehört?"

Sie wurde erneut rot vor Scham und zuckte wieder mit den Schultern. Dann wandte sie sich ab, damit ich die Röte auf ihren Wangen nicht sehen würde.

„Ein paar."

Sie steckte also voller Überraschungen.

„Ich habe hart gearbeitet, aber…" Ich verstummte und verspürte auf einmal große Betrübnis darüber, dass der Deal mit Sony geplatzt war.

„Was aber? Du wirst im Radio gespielt. Ich habe es gehört."

Ich konnte mir ein Lächeln nicht verkneifen.

„Es gehört aber noch ein wenig mehr dazu, als nur im Radio

gespielt zu werden. Obwohl das natürlich ein großer Schritt in die richtige Richtung ist."

„Ich kenne mich im Musikgeschäft nicht sonderlich gut aus", gestand Leila und wurde noch röter.

„Die meisten Leute tun das nicht, es sei denn, sie versuchen seit Jahren, sich dort einen Namen zu machen."

Sie legte ihren Kopf auf die Seite und betrachtete mich.

„Ist es so, wie du es dir vorgestellt hast?"

Ich wurde das Gefühl nicht los, dass sie mich damit leicht auf die Schippe nahm.

„Es ist mein Traum", gab ich kurz angebunden zurück. „Ich tue das, was mir am meisten Spaß macht, also ist es wohl do etwas."

„Vermisst du Alpena manchmal?"

Wie sollte ich ihr erklären, dass ich manchmal ein sehr schlechtes Gewissen hatte wegen der Dinge, die passiert waren? Dass ich ein besserer Sohn, ein besserer Bruder hätte sein können? Sie dachte doch genau wie alle anderen, dass ich ein Narzisst war und meine Familie sitzen gelassen hatte, ohne je zurückzuschauen. Es wäre egal, was ich ihr jetzt sagen würde.

„Nein."

Zumindest stimmte das. Ich vermisste die Gerüchteküche nicht und eine Welt, in der jeder über jeden Bescheid wusste. Obwohl LA manchmal genauso klein sein konnte.

Leila antwortete nicht auf meine Abfuhr, aber sie schien ihr nicht zu gefallen.

Und wenn schon? Ich versuche schließlich nicht, sie zu beeindrucken.

Es fing wieder an zu schneien. Auch das vermisste ich an Michigan nicht; diesen verdammten Schnee. Obwohl die kitschige Erntedankfest-Deko hier viel besser aussah als an den Palmen von Los Angeles.

Ich verspürte einen Anflug von Nostalgie und atmete tief aus.

„Jayce..."

Leilas hellblaue Augen leuchteten vor Mitgefühl.

„Ja?"

„Ich helfe dir gerne mit Micah, wenn du Hilfe brauchst."

In diesem Augenblick kam mir der Geistesblitz. Sie brauchte einen Job und mein schmollender Bruder brauchte einen Gefährten. Vielleicht könnten wir darüber einen Deal abschließen. Ich konnte es mir auf jeden Fall leisten, sie einzustellen. Und Micah mochte Leila lieber als mich...

„Willst du einen Job?"

Ihr sanfter Gesichtsausdruck erstarrte.

„Einen Job?", wiederholte sie. „Was für einen Job?"

Wieso blickte sie mich nun wieder so misstrauisch an?

„Könntest du mir helfen, auf Micah aufzupassen?"

Sie atmete sichtbar erleichtert aus. Ich fragte mich, was sie wohl zunächst gedacht hatte.

„Dafür musst du mich nicht bezahlen", lachte sie. „Ich habe kein Problem damit, ihn zu unterhalten."

Ich schüttelte den Kopf. „Nein, du verstehst mich nicht. Ich möchte, dass du dich Vollzeit um ihn kümmerst, wenn er nicht in der Schule ist. Du würdest ihn abholen und hinbringen – du hast doch einen Führerschein?"

Sie nickte, aber sie runzelte immer noch die Stirn.

„Du könntest mir auch im Haushalt helfen. Ich muss vielleicht wieder nach LA, dann könntest du bei ihm bleiben. Kannst du kochen?"

„Ich... ja..."

„Du würdest mir damit unheimlich viel helfen und dieser Junge liebt dich."

„Ich... von mir aus?" Sie klang nicht gerade überzeugt.

„Was stimmt nicht? Ich zahle dir jedes Gehalt, das du für

angemessen hältst. Das würde mir echt eine Menge abnehmen, wenn ich mir keine Sorgen um Micah machen müsste.

„Das ist es nicht..."

Ich wartete ab und schließlich sagte sie hastig: „Soll ich dann etwa bei euch einziehen?"

Daran hatte ich zwar noch nicht gedacht, aber wieso eigentlich nicht? Schließlich hatten wir Platz und es würde wahrscheinlich unserer Beziehung guttun, wenn Leila zwischen uns vermitteln konnte.

„Ja, ich schätze, schon. Wäre das ein Problem?"

Sie warf ihre schulterlange blonde Mähne über die Schulter.

„Nein, überhaupt nicht. Wann soll ich anfangen?"

6
LEILA

Mom war alles andere als beeindruckt von meiner Entscheidung, aber nun war es auch zu spät, um einen Rückzieher zu machen.

„Er hat nicht gerade den besten Ruf, Leila! Er ist... ein Frauenheld."

„Vertrau mir, Mom, er sieht mich nicht als Kandidatin für eine Bettgeschichte. Er braucht bloß einen Babysitter."

„Pass bloß auf, dass du Micah sittest und nicht Jason."

„Jayce."

„Wie bitte?"

„Er heißt jetzt Jayce Joyce, nicht Jason Jensen."

Das verschlug Mom die Sprache, sodass sie mich einfach mit offenem Mund anstarrte.

Ich hatte einen monatlichen Vertrag für meine Wohnung und kündigte ihn ohne große Wehmut. Die Wohnung selbst war nicht besonders schön und ich hing nicht besonders daran. Es war einfach nur mein erstes eigenes Zuhause gewesen.

Und nun hatte ich ein neues Zuhause.

Das Haus der Jensens war tadellos. Ähnlich wie meine Mutter war Beth sehr sorgsam mit ihrem Wohnhaus umgegangen und nun war alles von der Küche bis zum Rasen so gepflegt, dass ich leichte Arbeit hatte.

Das Zimmer, das Jayce mir überlassen hatte, war doppelt so groß wie meine ehemalige Wohnung und das Badezimmer lag direkt auf der gegenüberliegenden Seite des Ganges. Ich musste es lediglich mit Micah teilen.

Er hielt sein Wort und bezahlte mich ansehnlich – sogar mehr, als ich damals in der Fabrik verdient hatte. Außerdem durfte ich mich kleiden wie ich wollte und musste kein Haarnetz tragen! Ich war wunschlos glücklich.

Das Einzige, was mich wurmte, war eigentlich gar kein Kritikpunkt: Ich fühlte mich immer stärker zu Jayce hingezogen, je mehr Zeit wir miteinander verbrachten. Und wir verbrachten jede Menge Zeit miteinander.

Obwohl er behauptete, er kümmere sich um seine persönlichen Angelegenheiten, sah ich ihn immer nur im Haus herumlaufen und Gitarre spielen. Er trauerte offensichtlich noch um seine Eltern, auch wenn er das vor mir verbergen wollte. Er hielt Micah und mich sogar auf Abstand, aber wenigstens aßen wir drei jeden Abend gemeinsam Abendbrot.

Der Donnerstag an dem ich einzog, fiel auf Erntedankfest und Mom lud mich ein, den Abend bei ihnen zu verbringen, aber zum ersten Mal in meinem Leben lehnte ich ihre Einladung ab.

„Ich koche etwas für Jayce und Micah. Sie können echt ein wenig Ruhe gebrauchen."

„Sie sollen auch kommen!", protestierte Mom, aber ich wies auch diese Einladung ab. Ich freute mich darauf, zum ersten Mal meinen eigenen Erntedankfest-Truthahn samt Beilagen zu kochen. Ich hatte Mom in den vergangenen Jahren oft genug dabei zugesehen, sodass ich mir meinen Fähigkeiten nun sicher war.

Im Wohnzimmer lief das Footballspiel und zum ersten Mal

verbrachten die beiden Jungs alleine Zeit miteinander. Immer mal wieder hörte ich, wie sie den Bildschirm beschimpften, und darüber musste ich Lächeln.

Als Jayce mir zunächst vorgeschlagen hatte, hier einzuziehen, hatte ich gedacht, dass er andere Dinge im Kopf hatte – genau wie meine Mutter.

Ich war Jungfrau und hatte nicht das geringste Interesse daran, diesen Status in einer bedeutungslosen Liebesnacht mit einem skandalträchtigen Rockstar abzulegen.

Allerdings musste ich Jayce lassen, dass er sich nie unangemessen verhielt. Er blickte mich nie lüstern an oder gab mir ein unangenehmes Gefühl wie manch andere Männer. Vielleicht hatten die Leute in den Geschichten übertrieben, die sie über ihn erzählt hatten, nachdem er Alpena verlassen hatte.

Ich nahm ihn als sehr nachdenklichen Mann wahr. Aber er war kein Widerling, auch wenn er mich von Zeit zu Zeit sehnsüchtig anstarrte.

Da läuft auf keinen Fall was. Ich warf einen Blick in den Ofen. Der Braten würde noch mehrere Stunden dauern, aber alles lief nach Zeitplan.

„Leila, Fergus ist da. Darf ich mit dem Fahrrad raus?", rief mir Micah aus dem Wohnzimmer zu. Das war es dann wohl gewesen mit der kostbaren Familienzeit.

„Bist du dir sicher, Micah?", fragte ich und wischte meine Hände an meiner Schürze ab. Ich warf Jayce einen nervösen Blick zu, aber er wich mir aus. Es schien ihn zu betrüben, dass Micah schon etwas anderes unternehmen wollte. Der stand bereits an der Tür und zog seine Schuhe an.

„Du könntest auch mich fragen", knurrte Jayce, aber Micah ignorierte ihn und blickte mich abwartend an.

„Bitte, Leila? Das Essen dauert doch ohnehin noch, oder?"

Ich blickte aus dem Fenster und sah die Sonne, die durch

die Wolken schien und den Schnee in der Nachbarschaft zum Schmelzen brachte.

„Sei vorsichtig und bleib nicht zu lange weg." Er hatte geahnt, dass ich ihn gehen lassen würde, und rannte aus der Tür zu seinem schlaksigen Freund, der auf der Treppe auf ihn wartete.

Jayce warf mir einen seitlichen Blick zu, während ich hilflos dastand und das Gefühl hatte, Erntedankfest ruiniert zu haben.

„Willst du vielleicht ein Bier?", bot ich ihm kleinlaut an. Er zuckte mit den Schultern, was ich als Einwilligung verstand. Als ich aus der Küche zurückkam, blickte er mich offen an.

„Wo ist deines?"

Ich lachte kurz auf.

„Ach, ich trinke nicht", erwiderte ich. „Aber lass dich deswegen nicht weghalten."

Ein schiefes Lächeln legte sich auf seine Lippen und ich wurde etwas nervös davon.

„Du trinkst nicht, du fluchst nicht, du brüllst nicht rum. Du bist echt ziemlich brav, was?"

Ich streckte den Rücken durch. Er wollte sich wohl über mich lustig machen.

„Du sagst das so, als wäre das etwas Schlechtes. Ich halte mich für einen guten Menschen."

Er schnaubte und trank einen Schluck von seinem Bier. „Und setzt du dich jetzt oder bleibst du stehen, während du mich mit Blicken tötest?"

Wovon redete er? Ich hatte allerhöchstens Mitgefühl mit ihm. Ich sah ihn auf keinen Fall feindselig an.

Er hat echt einen Minderwertigkeitskomplex.

Ich setzte mich auf die Armlehne der Couch und tat so, als würde ich mich für das Spiel im Fernsehen interessieren. Dabei hatte ich keine Ahnung von Football.

„Er wird mich bis an mein Lebensende hassen."

Ich blickte ruckartig zu ihm hinüber.

„Er hasst dich nicht. Er ist fertig mit den Nerven, Jayce. Er wird Zeit brauchen, um hierüber hinweg zu kommen."

„Ich würde mich auch hassen", fuhr er unbeirrt fort. „Ich wollte ja zu Besuch kommen, aber mein Dad..."

Er seufzte so tief, dass es mir beinahe das Herz brach.

„Ich weiß nicht, warum manche Leute einfach nicht zulassen können, dass andere ihr Leben leben, weißt du?"

„Unsere Eltern denken eben, sie wüssten, was gut für uns ist. Deshalb bin ich auch ausgezogen – mein Dad hat wollte mich ständig überzeugen, zu studieren."

Er warf mir einen Blick zu. „Du hast dich deinen Eltern widersetzt? Schockierend."

Er meinte es sarkastisch, aber seine Stimme klang fast bewundernd.

„Ich wusste nicht, was ich mit meinem Leben anfangen wollte, und ich wollte kein Geld aufs College verschwenden, wenn ich es ohne Plan besuchte."

„Klingt schlüssig. Charlie hat das nicht gefallen?"

„Ich bin die Einzige in meiner Familie, die nicht aufs College gegangen ist – mal abgesehen von Mom. Wenigstens kennst du deine Leidenschaft. Ich tappe nach wie vor im Dunkeln."

Jayce trank einen weiteren Schluck Bier und machte damit fast die halbe Flasche leer.

„Dir fällt schon noch was ein", meinte er, als er den Mund wieder frei hatte. „Du bist noch jung."

Ich hielt dreiundzwanzig nicht gerade für besonders jung; in meinem Alter war meine Mutter bereits verheiratet gewesen und hatte zwei Kinder gehabt.

Ich rückte ein Stück näher an ihn heran, doch er schien es nicht zu merken. Was tat ich da bloß?

Ich biss mir auf die Unterlippe und wünschte, er würde mich anblicken, aber sein Blick war vom Fernseher gefesselt. Er musste doch wissen, dass ich ihn anstarrte. Obwohl es klug war, dass er mich ignorierte, fühlte ich mich leicht abgewiesen. Ich lehnte mich in die Kissen des Wildledersofas zurück und eine lange Zeit saßen wir einfach nur still da.

Ist wohl besser so. Er steht nicht auf mich, also besteht keine Gefahr, dass –

Plötzlich spürte ich, wie ich auf das Sofa gedrängt wurde, und sah Jayces Gesicht nur Zentimeter von meinem entfernt.

„W-was tust du da?", brachte ich schockiert hervor. Mein Herz hämmerte in meiner Brust, nicht aus Angst, sondern vor Aufregung.

„Was tust *du* da?", gab er zurück, ohne sich zu rühren. Seine kaffeebraunen Augen leuchteten. Was ging ihm wohl gerade durch den Kopf? Wollte er mich küssen? Mir einen Schrecken einjagen? Testete er nur meine Reaktion?

Statt einer Antwort beugte ich mich vor und strich mit meinen Lippen über seine.

In diesem Augenblick wendete sich das Blatt und er blickte mich überrascht an, aber er wich mir nicht aus. Wir blickten einander tief in die Augen. Ich spürte, wie er mit seiner Zungenspitze zwischen meine Lippen glitt. Sofort erwiderte ich seinen Kuss leidenschaftlich.

Er machte große Augen. Mit so einer Reaktion hatte er nicht gerechnet. Während unsere Zungen einander umspielten, kletterte er auf mich und begrub mich unter sich auf dem Sofa.

Was tat ich da bloß? Ich konnte doch nicht mit meinem Chef rummachen, dem Mann, bei dem ich soeben eingezogen war! Doch die Hitzewelle, die meinen Körper durchwogte, räumte all meine Vorbehalte aus.

Meine Finger vergruben sich in seiner Lockenmähne und seltsamerweise spürte ich, wie er sich dabei entspannte, als hätten meine Hände eine beruhigende Wirkung auf ihn. Er küsste mich nun sanfter, was ich ebenso erregend fand.

Ich zitterte, nicht wie Espenlaub, aber stark genug. Ich hatte keine Kontrolle darüber – ähnlich wie wenn man von einem kalten Schauer durchfahren wird. Doch nun war mir brühheiß und ich wollte auf keinen Fall, dass Jayce aufhörte.

Überall auf meinem Körper bekam ich Gänsehaut, während er seinen gestählten Körper an den meinen drückte. Wir passten zusammen, als wären wir zwei Wesen mit einem einzigen Körper.

Sein Dreitagebart kratzte an meiner Haut und ließ mich noch mehr nach ihm verlangen, sodass ich keinen rationalen Gedanken mehr fassen konnte, während er sich über meinen Hals hermachte.

Mein kühler Verstand wollte ihm sagen, er solle aufhören – doch das tat ich nicht; ich konnte einfach nicht. Ich hatte schließlich damit angefangen. Er hätte Zurückhaltung zeigen sollen, aber nicht einmal ich wünschte mir das.

Meine Nippel härteten sich zu kleinen Kieseln, sie warteten nur auf die Berührung seiner Zunge. Ich hatte gar nicht gemerkt, dass er mir mein T-Shirt und sogar meinen BH ausgezogen hatte, doch als seine Lippen sich um meine sensiblen Knospen legten, merkte ich es nur allzu gut.

Seine starken Hände packten mich fest, zogen mich näher an ihn heran, und meine Beine legten sich um seine Taille, damit ich ihm noch näher sein konnte.

Das ist so falsch!, rief mir eine schwache Stimme aus meinem Inneren zu. *In jedem Sinne! Das kannst du nicht machen!*

Aber aus meinem Mund drang stattdessen ein tiefes, langes Stöhnen, das das Wohnzimmer erfüllte und sogar das Footballspiel übertönte, das im Hintergrund immer noch lief.

„Du schmeckst genauso süß wie du aussiehst", flüsterte Jayce fast aggressiv, als mache ihn diese Erkenntnis wütend. Er bearbeitete meinen flachen Bauch und schob seine Finger unter den Bund meiner Jeans, um sie mir auszuziehen.

Ich wurde auf einmal angespannt und versuchte, mich zu erheben. Ich war nicht bereit für das, was nun folgen würde. So weit war ich noch nie mit jemandem gegangen, und vor allem nicht so schnell.

Ich stützte mich mit den Ellbogen ab und starrte ihn an, mit hämmerndem Herzen, aber ich bat ihn nicht aufzuhören. Jayce spürte, dass sich etwas in mir wehrte, und hielt inne. Meine Jeans hing in meinen Kniekehlen und mein Höschen hatte er gerade bis zur Mitte meiner Oberschenkel hinuntergeschoben.

„Alles in Ordnung?" Seine Augen leuchteten.

Diese Frage war nicht so leicht zu beantworten, also brachte ich nur ein Nicken hervor. Mehr benötigte er nicht. Sein Mund legte sich auf die Spalte zwischen meinen Beinen und mit einem langen, präzisen Zungenstrich tauchte er in mein Innerstes ab.

Es war, als wäre er dort schon einmal gewesen und mein Körper ruckte fast erschrocken nach oben. Ich konnte meine Beine kaum rühren – er hatte mir die Hose nicht ganz ausgezogen.

„Oh mein Gott!", stöhnte ich auf. Seine Hand legte sich um meinen nackten Arsch und ich sank wieder auf die Couch, krallte mich in die weichen Kissen, suchte nach einem Anker, während die Lustgefühle über mich hereinbrachen wie eine Flutwelle.

Seine Zunge bewegte sich nun forscher, die Striche gleichmäßig und schnell, und sein Mund schloss sich um die Perle in meiner Mitte. Als seine Finger in mein durchtränktes Innerstes vordrangen, verlor ich die Kontrolle.

Ich stöhnte auf, als ich spürte, wie die Flüssigkeit zwischen meinen Beinen hervorströmte, und er seufzte und trank mich leer wie ein durstiger Hund. Mein Körper zitterte. Ich brauchte ihn in mir. Wie kam das alles nur? Ich hatte noch nie mit jemandem die Kontrolle verloren, und doch wollte ich, dass dieser Mann, dieser Bad Boy, den ich kaum kannte, völlig Besitz von mir ergriff.

In meinem Unterleib gab es ein erneutes Crescendo und mir wurde klar, dass ich wieder kommen würde.

Zweimal! Hintereinander! Das war mir noch nie in meinem Leben passiert.

Doch ich kämpfte nicht dagegen an und gab mich ihm gänzlich hin. Ich bohrte meine Nägel so tief in das Sofa, dass sie fast brachen. Vielleicht hinterließ ich sogar Löcher im Stoff.

Schließlich sank meine Hose auf den Boden und meine Beine umklammerten ihn wie ein Schraubstock.

Er glitt meinen Körper hinauf, erdrückte mich fast, drängte sein Gemächt an mich und rieb sich lustvoll an mir. Ich war noch so empfindlich, dass ich von jeder Berührung zusammenzuckte. Meine Nerven standen unter Hochspannung.

Unsere Münder vereinten sich wieder und ich verschränkte meine Knöchel über seinem nackten Po. Auch diesmal ergriff wieder ich die Initiative und führte ihn in mich ein, ohne ein zweites Mal darüber nachzudenken. Ich versuchte, meiner Kehle einen Schrei zu entlocken, während die Wände meines Innersten sich um ihn legten. Er war riesig, pulsierte und war zu allem bereit, aber war ich das auch?

Ich spannte mich an, voller Angst, dass Jayce mir wehtun könnte, doch ich hätte mir keine Sorgen machen brauchen. Ich war zu feucht, um Widerstand zu bieten, und mein Verlangen nach ihm wog stärker als jeder Schmerz.

Er füllte mich von innen aus, raubte mir den Atem, und unsere Münder waren immer noch in einem innigen Kuss verbunden. Sein stahlharter Körper fiel in einen tiefen, geschmeidigen Rhythmus, mit dem ich gut mithalten konnte. Ich bäumte mich zu ihm auf, bis ich von seinen Stößen nicht mehr zusammenzuckte.

Wir waren ineinander verschachtelt, unsere Lippen, unsere

Becken, unsere Hände; unsere Leidenschaft erreichte neue Höhen.

Jayce flüsterte mir Dinge ins Ohr, seine Worte ganz wirr, aber der Klang seiner Stimme brachte mich immer weiter in Trance.

Ich war in Ekstase, ergoss mich auf ihm, als ich wieder und wieder kam. Meine Muschi hielt seinen Schwanz fest wie eine Zange.

Er stöhnte auch auf und wurde noch größer, sodass ich aufkeuchen musste, aber als seine Eier prall und angespannt gegen mich klatschten, wusste ich, dass es auch für ihn kein Zurück mehr gab.

In mehreren Schüben füllte er mich mit heißen Strömen. Jayce vergrub sein Gesicht in meinem Nacken und bescherte mir dadurch einen weiteren angenehmen Schauer. Ich hätte mich fast in all der Sinnlichkeit verloren.

Er entlud sich gefühlte Stunden in mir und langsam verließ mich das warme, aufregende Gefühl, dem ich nachgegeben hatte.

Schlagartig wurde mir klar, was ich da gerade getan hatte, und es fiel mir sehr schwer, mich damit abzufinden.

Ich hatte mich gerade Jayce Joyce hingegeben, bei dem ich mir nicht einmal sicher war, dass er mich mochte – ganz zu schweigen davon, ob er ein würdiger Empfänger für meine Jungfräulichkeit war.

Und nun musste ich ihm täglich gegenübertreten.

7
JAYCE

War es keine gute Idee gewesen, mit Leila zu schlafen? Natürlich nicht. Bereute ich es? Keine Sekunde lang.

Vielleicht hatte ich Lust auf sie gehabt, seit sie mit ihrer Mutter auf mein Haus zugekommen war. Vielleicht hatte mir gefallen, wie sie mit Micah umging, und ich hatte so mein schlechtes Gewissen beschwichtigen und mich ihr hingeben können.

Jedenfalls würdigte sie mich keines Blickes, während sie das Essen auftrug, das sie so mühevoll zubereitet hatte. Ich hatte auf einmal das Gefühl, ich hätte etwas falsch gemacht.

„Habt ihr euch gestritten?", fragte Micah, als wir uns an den Tisch setzten. Der Truthahn sah köstlich aus und ich war am Verhungern.

„Nein!", antworteten wir gleichzeitig, aber Leila blickte mich immer noch nicht an.

Wieso ist sie jetzt so komisch? Das war doch nur Sex.

Ich belog mich damit selbst. Was zwischen uns geschehen war, war mehr gewesen als nur ein Akt der Leidenschaft. Es war aus einem Verlangen entstanden, das in uns beiden ruhte, dem

Verlangen, zu jemand anderem zu gehören. Wieso gab sie mir nun das Gefühl, ich hätte ihr etwas angetan?

Das machte mich wütend.

„Wirkt so, als hättet ihr beiden euch gestritten", seufzte Micah und griff nach den Kartoffeln. „Schneidest du den Truthahn an?"

Ich stand auf, um Leila das Tranchiermesser abzunehmen, und sie sah mich verwirrt an.

„Ich weiß, wie man einen Truthahn tranchiert, Leila. Setz dich und iss."

Sie widersprach nicht. Wenigstens hatte sie mich nun wieder angeblickt. Wir hatten kaum Zeit gehabt, unsere Klamotten anzuziehen, bevor Micah zurückgekommen war. Der Duft von Sex lag immer noch in der Luft und vermischte sich mit dem köstlichen Aroma des Bratens.

„Du kochst wirklich super, Leila", konstatierte Micah und nahm einen Bissen von dem Brot, das er zuvor in die Soße getaucht hatte. „Hoffentlich bleibst du für immer bei uns."

Die Worte hingen in der Luft wie kalter Zigarettenrauch und ich fühlte mich schuldig. Wieso fühlte ich mich immer wegen allem schuldig?

„Wie findet ihr die Süßkartoffeln?", fragte Leila, die sich genauso unbehaglich zu fühlen schien wie ich. Micah hatte selbstverständlich keine Ahnung, was seine Worte für uns bedeuteten.

„Schmeckt ausgezeichnet, Leila", wagte ich und schenkte ihr ein warmes Lächeln. „Ich hatte ja keine Ahnung, dass du eine zweite Martha Stewart bist."

Sie wurde rot und wandte schüchtern den Blick ab. Seltsamerweise fing dabei mein Herz an, schneller zu schlagen.

„Das war mein erstes Mal", erklärte sie und wurde noch röter. Sie fing an zu stottern.

„Ich, ich meine, d-das war das erste Mal, dass ich einen Truthahn zubereitet habe!", brachte sie hervor und wandte erneut den Blick von mir ab.

Ich war verwirrt. Was hätte sie sonst meinen sollen?

„Den ganzen nächsten Monat möchte ich jedenfalls Truthahnsandwiches essen", verkündete Micah, während ich mich weiter an dem Braten zu schaffen machte. Mein Bruder lächelte zum ersten Mal seit Wochen.

Leila hierher zu holen war die schlauste Idee, die ich je hatte. Sie hat einen tollen Einfluss auf Micah.

Und auf mich auch. In Leilas Gegenwart fühlte ich mich weniger bitter; ihre gute Laune und freundliche Natur steckten mich an. Natürlich war ich immer noch tief verletzt und schämte mich sehr, aber es war nicht so schlimm wie damals, als ich eingetroffen war.

Ich war fertig mit dem Tranchieren und machte mich hungrig über mein Essen her. Micah hatte recht. Es war ausgesprochen köstlich und einen Augenblick lang musste ich innehalten. Die Erinnerung an Mom überwältigte mich so sehr, dass mir ein Schluchzer in der Kehle stecken blieb.

„Jayce?"

Ich sprang auf und rannte vom Tisch davon, bevor man meine Tränen sah.

Was war nur mit mir los? Ich hatte gerade gevögelt; ich aß zu Abend mit einer wunderschönen Frau; und mein Bruder lächelte ausnahmsweise mal. Und jetzt machte ich es mit meinem emotionalen Zusammenbruch für alle kaputt.

Ich lehnte mich an die Tür der Mastersuite, der Suite meiner Eltern, und brach zusammen. Die Erinnerungen waren einfach zu viel für mich. Ich hatte meine Gefühle so lange unterdrückt, dass sie nun über mich hereinbrachen.

„Jayce?"

Leila klopfte an der Tür. Ich wollte sie anherrschen, sich zu verziehen. Aber stattdessen ließ ich sie herein und sie sah mich, verheult wie ich war.

Sie sagte kein Wort, öffnete stattdessen nur die Arme und ich sank bereitwillig hinein.

„Ich war so ein schlechter Sohn", brachte ich schließlich hervor. „Ich habe immer gedacht, ich zeige es ihnen, weißt du? Ich würde groß rauskommen, ihnen ein Haus kaufen und sagen, ich hätte es ihnen doch gesagt."

„Sie waren stolz auf dich", sagte sie. Ich stöhnte und löste mich nicht aus ihrer Umarmung. Die Tränen trockneten langsam.

„Sie haben ihr Bestes gegeben und ich habe sie tief verletzt, indem ich abgehauen bin."

„Du bist nicht abgehauen, Jayce. Du bist deinem Traum gefolgt. Das ist der Unterschied. Es ist ja nicht so, als hättest du sie im Stich gelassen, als sie dich gebraucht haben. Es war dein gutes Recht, deinem Traum zu folgen."

Ich musterte sie und wischte mir die Tränen aus dem Gesicht.

„Glaubst du das wirklich? Denn da scheinst du die Einzige hier zu sein."

Sie erwiderte meinen Blick und lächelte sanft. „Ich bin nicht wie die anderen hier."

Nein, das war sie wirklich nicht. Sie war wie niemand sonst.

„Die Dinge haben sich geändert", fuhr sie fort und wir lösten uns voneinander, aber ich blickte sie weiterhin an, während sie redete. „Und jetzt bist du hier. Du bist deines Bruders wegen hier."

Damit wollte sie mich trösten, doch ihre Worte halfen nicht. Sie waren nur allzu wahr.

Nun war ich hier, aber wie lange würde ich bleiben? Auf lange Sicht sah ich mich nicht in Alpena wohnend.

Das wusste Leila nicht und ich würde es ihr mit Sicherheit nicht jetzt sofort sagen.

Wir hatten erst einmal miteinander geschlafen – das bedeutete ja wohl kaum, dass wir in einer festen Beziehung waren. Sie war schließlich nur hier, um Micah zu helfen – oder nicht?

Klar, ich konnte mich selbst auf jede Art uns Weise belügen. Ich hatte starke Gefühle für Leila. Je länger wir unter einem Dach wohnten, desto schlimmer würde es werden, wenn wir uns schließlich voneinander verabschieden würden.

Außer du nimmst sie mit nach LA.

Wow. Jetzt dachte ich aber zu weit voraus.

„Komm", sagte ich heiser und wandte mein Gesicht von ihr ab, als könne sie mit einem Blick darin sehen, was ich gerade dachte. „Ich habe dein wunderbares Abendessen ruiniert."

„Bist du dir sicher, dass du dich nicht noch kurz sammeln willst?"

„Nein", beharrte ich und öffnete die Tür. „Micah ist endlich mal ein bisschen gut gelaunt und das werde ich nicht schon wieder kaputt machen."

Ich wartete ihre Antwort gar nicht ab, bevor ich den Gang entlang und die Treppe hinunter ging.

Ich durfte noch nicht zu weit vorausdenken. Die Dinge würden sich so entwickeln, wie sie sich eben entwickeln würden – wie immer. Darauf musste ich vertrauen.

MICAH SPRACH mein plötzliches Verschwinden nicht an und wir aßen ohne weitere Zwischenfälle zu Abend. Leila hatte einen unglaublichen Kürbiskuchen gebacken und ich aß die Hälfte davon und zankte mich mit Micah um das letzte Stück.

„Ich habe noch einen zweiten gebacken", lachte sie. „Es ist genug für alle da, Jungs."

Nach dem Abendessen half ich Leila mit dem Abwasch, obwohl sie mich dazu überreden wollte, mich einfach zu entspannen.

„Wenn ich mich auf die Couch setze, schlafe ich ein", warnte ich sie. „Lass mich dir helfen. Das ist das Mindeste, was ich tun kann, nachdem du uns so ein leckeres Essen gekocht hast."

„Es war mir eine Freude."

Sie meinte es ernst und wieder einmal überraschte es mich, wie... altmodisch sie war. Ich lebte in einer Welt, in der Frauen sich nur für ihr Aussehen und die Karre ihrer Kerle interessierten. Leila interessierte es nicht einmal, dass ich kurz davor stand, bei Sony einen Vertrag zu unterschreiben. Sie lenkte das Gespräch ohnehin selten auf mein Leben in LA.

Ich erinnere mich nicht daran, worüber wir uns unterhielten, während ich die Spülmaschine einräumte und sie die Töpfe mit der Hand wusch, aber es war eine unheimlich angenehme Atmosphäre, als hätten wir schon unendlich oft gemeinsam den Haushalt geschmissen.

Ich hatte mir bis dato schwer vorstellen können, mich in einer solchen Konstellation behaglich zu fühlen, aber so war es nun... bis mein Handy klingelte.

„Hallo?"

„Alter, dein Ernst?"

Ich spannte mich an, wischte mir die Hände an einem Geschirrtuch ab und wandte mich von Leilas neugierigem Blick ab.

„Hey, Johnny, ich wollte dich schon länger anrufen, Alter. Hier geht es drunter und drüber."

„Ja, ich weiß." Der Bassist meiner Band schwieg und atmete tief ein. „Tut mir echt leid, was mit deinen Eltern passiert ist."

„Danke. Ich habe den Kranz bekommen. Ich habe Daryn gebeten, euch dafür zu danken."

„Ja, das hat sie auch", gab Johnny hastig zurück. „Ich verstehe schon, dass du alle Hände voll zu tun hast. Ich habe gehört, du hast auch das Sorgerecht für deinen Bruder bekommen."

„Ja..."

Johnny schwieg erneut und ich merkte, dass ihn etwas belastete.

„Naja, äh, frohes Erntedankfest", sagte ich in der Hoffnung, damit das Gespräch voranzubringen. Ich musterte Leila, die immer noch beschäftigt war, aber mir trotzdem zuhörte. Schließlich redete ich nicht gerade leise und wenn ich wirklich meine Privatsphäre hätte haben wollen, hätte ich auch wo anders hingehen können. Ehrlichgesagt wollte ich nur wieder harmonisch mit Leila das Geschirr wegräumen.

„Frohes Erntedankfest. Wir wollen ohne dich an etwas arbeiten", platzte es auf einmal aus Johnny heraus.

„Was soll das heißen?", fragte ich verdutzt. „An was?"

„Wir denken darüber nach, ohne dich weiterzumachen, Jayce."

Ich spürte ein seltsames Kribbeln in meinen Gliedern und stand sicher eine Minute lang völlig still da.

„Nimm's nicht persönlich, Alter", fuhr Johnny fort. Das war eine Lüge. Wie sollte ich das bitte nicht persönlich nehmen? Sie waren einfach sauer, dass ich den Deal mit Sony hatte platzen lassen.

Und ich schäumte vor Wut, dass sie deshalb sauer waren. Es war schließlich nicht so, als hätte ich darüber irgendeine Kontrolle gehabt.

„Jayce, sag etwas."

„Wie lange habt ihr diesen putsch schon geplant?", sagte ich schließlich heiser. „Wollt ihr mich noch zusätzlich fertig machen?"

„So ist das nicht", protestierte Johnny. „Wir haben nur das

Gefühl, dass du angesichts deiner Lage nicht weißt, was passieren wird, und – "

„Vielleicht sollte ich euch verdammt nochmal erklären, wie ich mein Leben jetzt handhaben will, anstatt dass ihr es tut!", brüllte ich. Leila ließ vor Schreck einen Teller fallen, aber ich war außer mir.

„Jayce... das ist die andere Sache..." Er seufzte. „Du hast deine Wut nicht unter Kontrolle, Mann. Manchmal ist es unmöglich, mit dir zusammenzuarbeiten."

„*Ich* bin unmög– Sag mal, willst du mich verarschen? Ohne mich hätten wir nie diesen Vertrag in Aussicht gehabt, die ganzen Gigs, nicht einmal Daryn, verdammte Scheiße! Ich bin der verdammte Kleber, der die Gruppe zusammenhält!"

„Ich wusste, dass du so reagieren würdest. Ich hätte dich gar nicht erst anrufen sollen, aber ich dachte, du hättest zumindest eine Vorwarnung verdient."

„Wow. Na, herzlichen Dank."

Ich legte auf, bevor er auch noch ein Wort sagen konnte. Ich wollte nichts mehr hören.

„Jayce, was ist los?"

Leila kam besorgt zu mir und ich bebte vor Entrüstung.

Wie konnten sie nur? Nach all der Arbeit, die ich geleistet hatte? Sie hatten nur auf eine Gelegenheit gewartet, mich abzusägen.

„Ich bin gerade aus der Band geworfen worden", sagte ich und lachte trocken. Ich schleuderte das Handy auf den Boden und es zersprang in tausend Stücke. Leila keuchte erschrocken auf und tat einen Schritt zurück.

Als ich die leichte Furcht in ihren Augen sah, bereute ich meine Handlung.

„Tut mir leid", sagte ich ernsthaft und griff nach ihren Händen. „Das hätte ich nicht tun sollen.

Langsam breitete sich ein Ausdruck der Erleichterung auf

ihrem Gesicht aus und sie ließ zu, dass ich ihre kalten Hände ergriff.

„Wieso? Was haben sie gesagt?"

„Sie sind sauer, dass ich den Deal bei Sony vermasselt habe." Das war zumindest die halbe Wahrheit.

„Und was willst du jetzt tun?", fragte sie und ich hörte ein Quäntchen Hoffnung in ihrer Stimme, während sie mich mit ihren großen, unschuldigen Augen anstarrte.

Vielleicht war es ein Zeichen des Universums. Meine Eltern waren genau in dem Moment gestorben, in dem mein großer Durchbruch bevorstand. Meine Band hatte mich im Stich gelassen. Und Leila stand direkt vor mir und flehte mich praktisch an, die Worte zu sagen.

Was sollte ich auch mit einem zehnjährigen Kind in LA? Es wäre Micah gegenüber nicht fair, ihn noch mehr zu verletzen, ihn zu entwurzeln.

„Jayce? Was wirst du tun?", drängte sie mich. Ich biss mir auf die Unterlippe, denn ich wollte die Worte nicht sagen. Wenn ich sie aussprach, würden sie Wirklichkeit werden.

Ich zwang mich zu einem Lächeln und zuckte ungerührt mit den Schultern.

„Sieht so aus, als ginge ich nicht zurück nach LA", erwiderte ich. Der Ausdruck auf ihrem wunderschönen Gesicht verriet mir, dass ich genau das gesagt hatte, was sie hatte hören wollen, aber mein Instinkt sagte mir, dass ich die falsche Entscheidung getroffen hatte.

Ich wollte Leila, aber meinen Traum wollte ich auch.

∽

8

LEILA

Ich machte mir selbst etwas vor, aber die Vorstellung von dem ganzen war einfach zu schön. Ich hatte ein perfektes Leben, einen Mann, der mich liebte, und einen kleinen Jungen, der mich bewunderte. Es war zu schön, um wahr zu sein! Ich zwang mich, den entrückten Blick in Jayces Augen zu ignorieren, den er immer auflegte, wenn er dachte, ich sähe gerade nicht zu.

Er vermisste sein altes Leben, egal wie sehr ich versuchte, ihm sein neues schön zu machen.

Die Erntedankfest-Deko wurde abgehangen und ich holte eines Nachmittags gerade die Weihnachtsdeko aus dem Keller, als Jayce mich auf einmal überraschte.

„Ich fahre nur mal los und hole uns einen Baum", verkündete er und ließ die Autoschlüssel für den Mercedes seines Vaters in der Hand klingeln. „Brauchst du etwas, während Micah und ich weg sind?"

Ich stellte die Kiste auf dem Boden ab und strich mir eine Haarsträhne aus dem Gesicht.

„Bekomme ich einen Kuss?", fragte ich zögernd. Es war seltsam, dass ich mich immer noch unwohl dabei fühlte, Zärtlichkeiten von ihm zu erbitten. Wir schliefen jede Nach im gleichen Bett, auch wenn wir morgens getrennt aufstanden, um Micah nicht zu verwirren. Der Junge hatte längst kapiert, was zwischen uns lief, aber es beruhigte Jayce, also zwang ich mich dazu.

In einem Jahr wird sich alles viel natürlicher anfühlen. Aber eine winzige Stimme in meinem Innersten warnte mich davor, es mir nicht all zu bequem zu machen.

„Natürlich", kicherte Jayce und kam auf mich zu. Er nahm mich in die Arme und drückte seine Lippen sanft auf meine wartenden. Ich wusste nicht, ob es die leichte Distanz zwischen uns war, die ich verspürte, oder einfach das schummrige Licht des Kellers – jedenfalls ging ich mit ihm ein paar Schritte rückwärts, bis sein Rücken sich an einem Stützbalken lehnte.

Meine Lippen machten sich hungrig über sein Kinn her und meine Hände machten sich an seinem Gürtel zu schaffen, während mich das Bedürfnis überkam, ihn zu schmecken, wie er das schon so oft bei mir getan hatte.

„Whoa! Was machst du da?", keuchte Jayce auf, als ich auf die Knie sank. Ich zerrte die Jeans über seinen knackigen Arsch und zog ihm dabei auch gleich seine seidenen Boxershorts aus.

„Leila, oh mein –"

Die Worte blieben ihm im Halse stecken, als ich ihn komplett in den Mund nahm und mich an seinem Schwanz festsaugte. Seine Eichel füllte meinen Rachen komplett aus, aber das hinderte mich nicht daran, das zu Ende zu bringen, was ich gerade angefangen hatte.

Jayce stöhnte und lehnte sich vollständig an die Wand, während meine Hand sich nach oben wagte, um seinen dicken Sack zu umschließen. Ich massierte ihn mit warmen Fingern und fiel in einen geschmeidigen Rhythmus. Unter meiner Zunge wurde sein Schwanz zusehends härter.

„Wow, Leila!"

Seine Worte spornten mich nur an, noch mehr zu geben,

und ich umschloss die Wurzel seines Schwanzes mit meiner Hand. Ich wollte, dass er explodierte, und als er seine Finger in meinem Haar vergrub, wusste ich, dass er nicht würde widerstehen können.

Doch ebenso schnell zog er mich an den Haaren hoch und drängte mich gegen den Balken, an den er sich gerade gelehnt hatte.

„Oh nein", knurrte er mir ins Ohr, während er sich von hinten an mich drängte. „Ich will auch noch ein bisschen Spaß haben."

Ich quietschte auf, als er meinen Rock anhob und mir einen Klaps auf den Arsch verpasste, der sicher einen Abdruck hinterlassen würde, aber der Schmerz löste sich in Luft auf, als seine Finger in mich eintauchten und mein bereits durchnässtes Innerstes verwöhnten.

Und dann war er in mir – seine Finger erkundeten mittlerweile meine andere Öffnung – und sein riesiger Schwanz rammte sich in mich, während ich mich vorbeugte, um den Balken zu umklammern.

„Oh mein Gott, du bist so eng", presste er hervor, aber ich stöhnte einfach nur vor Lust, während er beide meine Löcher penetrierte.

Es fühlte sich so gut und gleichzeitig so falsch an. Ich drängte mich an ihn und wollte ihn tiefer und tiefer spüren. Jayces Arm legte sich um meine Taille, damit er mich zu sich ziehen konnte, und seine Stöße wurden so heftig, dass sie mir den Atem raubten. Ich konnte kaum noch stehen!

Ich kam und spürte, wie die Feuchtigkeit meine Schenkel hinabströmte, doch ich konnte nicht aufhören. Ich kam wieder und immer wieder, spürte jede seiner Bewegungen in mir, bis schließlich auch er seine Erlösung fand.

Jayce stöhnte, erbebte heftig, packte mich fester um die

Taille und mir wurde bewusst, dass ich ihn genauso stützte wie er mich.

Ich zog meine Muskeln noch einmal um ihn zusammen, um jeden Tropfen aus seinem zuckenden Schwanz zu melken, bevor wir schließlich beide erschöpft zusammensanken.

Ganz langsam zog er sich aus mir heraus und noch mehr Säfte rannen meine Schenkel hinab.

Ich drehte mich um und machte einen Schmollmund, als er mich endlich freiließ.

„Wieso hast du mich nicht fertigmachen lassen?" Das war eine komische Aussage. So ein Mädchen war ich nicht – zumindest war ich es zuvor nie gewesen. Jayces Gesichtsausdruck verriet mir, dass er das Gleiche dachte. Er machte ein misstrauisches Gesicht.

„Was sollte das?"

Ich wurde feuerrot und versuchte zu lächeln, aber es wurde eher eine Grimasse.

„Ich will dir nur Lust bereiten, wie du mir immer Lust bereitest."

Sein Blick wurde sanfter, während er sich die Hosen hochzog.

„Leila, du tust alles für uns", erklärte er mir. „Beim Sex geht es darum, dass beide etwas davon haben. Es ist nicht einseitig."

Ich schämte mich, aber Jayce umgriff mein Gesicht mit beiden Händen.

„Was ist los, Leila?"

Ich schüttelte den Kopf und brachte ein verlegenes Lächeln zustande.

„Nichts. Das ist nur die Weihnachtsstimmung", kicherte ich, aber es war nicht die Wahrheit.

„Nun, mal sehen, ob ich dir damit helfen kann. Bald komme ich wieder, mit einem Baum im Schlepptau."

Er küsste mich auf die Stirn, ließ mich los und rannte die Treppe hinauf, zwei Stufen auf einmal nehmend.

Ich rührte mich nicht.

Ich war zu sehr damit beschäftigt, die Ereignisse von eben zu analysieren. Und ich kam immer zu dem gleichen Schluss – ich hatte Angst, ihn zu verlieren.

Später an diesem Tag erreichte uns ein Brief. Er kam von einer Anwaltsfirma und war an Jason Jensen adressiert.

Ich bekam dabei ein mulmiges Gefühl im Bauch und es verschlimmerte sich nur noch, als Jayce nach Hause kam und den Brief öffnete.

Sein Kiefer spannte sich an und von seinem Hocker an der Kücheninsel warf er Micah einen Blick zu. Micah war wie gefesselt von irgendeinem Fernsehprogramm.

„Was ist los?" Wollte ich die Antwort wirklich hören?

Er machte ein mürrisches Geräusch und schob mir den Brief hin. Ich wollte die Antwort nicht hören, das wurde schnell klar.

Zitternd atmete ich durch und eine Flutwelle der Emotionen durchströmte mich. Ich wusste nicht, dass Jayce einen Anwalt kontaktiert hatte, um den Fahrer anzuklagen, der seine Eltern umgebracht hatte.

„Machst du das wirklich?" Ich legte den unheilvollen Brief auf die Arbeitsfläche.

Jayce fixierte seinen kleinen Bruder.

„Du denkst zumindest daran."

Jetzt, da ich ihn schon besser kannte, konnte ich seinen Blick leichter deuten.

„Wenn wir gewinnen, hat Micah den Rest seines Lebens ausgesorgt."

„Diesem Typ drohen ohnehin zwanzig Jahre Knast für fahrlässige Tötung, Jayce. Ihn und seine Familie auszunehmen, erweckt deine Eltern auch nicht wieder zum Leben."

Er kniff die Augen zusammen und blickte mich wütend an.

„Denkst du, das weiß ich nicht? Es geht mir hier um die lange Sicht, Leila. Das Geld von der Versicherung wird auch nicht ewig reichen. Du hast vielleicht vergessen, dass ich arbeitslos bin. Ich verdiene nicht gerade viel damit, dass ich hier in Alpena rumsitze und keinen einzigen Gig spiele..."

Wahrscheinlich wollte er etwas hinzufügen wie „und mein Leben verschwende", aber er unterbrach sich. So, wie meine Brust sich zusammenzog, hatte ich Schwierigkeiten beim Atmen, aber ich bestand auf meiner Meinung.

„Es gibt noch andere Arten, an Geld zu kommen, als einen bereits jetzt vom Leben gestraften Mann zu verklagen." Ich hatte so viel Mitleid mit diesem Fahrer gehabt, nachdem ich von Beth und Garys Tod gehört hatte, und nun empfand ich noch genauso. Sein Name war Carl Hinkman. Er konnte sich nicht einmal die Bürgschaft leisten, um zu Hause auf die Gerichtsverhandlung zu warten. Bereits jetzt verrottete er im Knast. Was wollte Jayce hiermit nun erreichen?

Es fiel mir schwer zu glauben, dass ihn nur das Geld antrieb.

„Du hast leicht reden, was?", gab er zurück und sein scharfer Ton erschreckte mich. „Du verdienst gerade mehr Geld als ich und ich bezahle dich."

Mein Kiefer spannte sich an.

„Ich komme auch ohne dein Geld klar." Ich klang nicht sonderlich überzeugt.

„Darum geht es nicht", keifte er und stand auf. „Was passiert jetzt, wo ich in Alpena festsitze?"

Nun hatte er es also ausgesprochen.

Er saß in Alpena fest. Was auch immer wir taten, es war nicht gut genug für ihn.

Ehe ich mir eine angemessene Antwort für seine Anschuldigung überlegen konnte, war Jayce schon verschwunden und ließ mich mit einem hämmernden Herzen in der Brust zurück.

„Dad hat immer gemeint, meine Launen erinnern ihn an Jason."

Micah betrat die Küche. Ich blinzelte die Tränen weg, die mir in die Augen gestiegen waren, und schenkte ihm ein schwaches Lächeln.

„Ich habe dich noch nie als launisch empfunden. Willst du ein Sandwich? Ich wollte dir gerade eines machen."

Er nickte. Dieses Kind war irgendwie immer hungrig.

Ich machte mich am Kühlschrank zu schaffen und zwang mich dazu, mich zusammenzureißen.

„Ist es nicht seltsam, dass du Jays Freundin bist, er dich aber fürs Kochen und Putzen bezahlt?"

Ich warf ihm einen misstrauischen Blick zu. So viel zum Thema, unsere Beziehung vor Micah zu verbergen.

„Wer hat gesagt, dass ich seine Freundin bin?"

„Ihr schlaft jede Nacht im gleichen Bett und ich gehe davon aus, dass ihr auch miteinander schlaft."

Schockiert fuhr ich herum und gaffte ihn mit offenem Mund an. Was wusste er in seinem Altern bitte schon davon?

Ich richtete meine Aufmerksamkeit wieder auf die Sandwiches.

„Unsere Beziehung ist... kompliziert."

„Das sehe ich. Bei euch ist es überhaupt nicht so wie bei Mom und Dad damals."

Das machte mich traurig. Ich hatte gehofft, Micah ein einigermaßen normales Leben in Abwesenheit seiner Eltern zu ermöglichen, aber Jayce machte es mir nicht leicht.

„Jede Beziehung ist anders", erklärte ich ihm sanft.

„Seid ihr verliebt?"

Zu diesem Gespräch war ich noch mit niemandem bereit, ganz sicher nicht mit einem Zehnjährigen.

„Hier hast du dein Sandwich."

Ich setzte mich ihm gegenüber und musterte ihn.

Er sieht Jayce so ähnlich. Ich frage mich, ob er später auch den Mädels den Kopf verdrehen wird so wie sein Bruder.

„Also?", fragte er, nachdem er einen Bissen genommen hatte. „Seid ihr es?"

„Sind wir was?", fragte ich unschuldig, während ich selbst einen Bissen nahm und versuchte mir eine Antwort zu überlegen mit der er zufrieden wäre.

„Verliebt. Seid ihr verliebt?"

„Das ist ein sehr reifes Thema, das nur zwei Erwachsene miteinander besprechen sollten."

Er schnaubte verächtlich und durchschaute offensichtlich meine faule Ausrede, aber zu meiner Erleichterung bestand er nicht weiter auf dem Thema. Ich war dafür sehr dankbar, denn ich hätte nicht gewusst, wie ich ihm erklären konnte, dass ich zwar total in Jayce verliebt war, er diese Gefühle aber möglicherweise nicht erwiderte.

JAYCE

Unser kleiner Streit wegen der Klage wurde beigelegt, aber ich konnte Leilas Worte nicht vergessen.

Was interessierte es mich schon, wenn Carl Hinkman gerade die Hölle durchmachte? Er verdiente das und noch viel Schlimmeres dafür, was er getan hatte. Die Jahre im Knast würden immer noch nicht vergelten, dass er uns die Eltern genommen hatte, auch wenn Leila mit ihm Mitleid hatte.

Zugleich fand ich es aber schwer zu verdauen, seiner Familie mit einer gerichtlichen Einigung zu schaden. Schließlich war es nicht die Schuld seiner Frau, dass er ein Taugenichts war, der sich besoffen ans Steuer gesetzt hatte. Es war auch nicht die Schuld des ungeborenen Enkelkindes, dass sein Großvater ein rücksichtsloser Mistkerl war. Ein Mörder.

Schließlich ließ ich still und heimlich die Klage fallen, auch wenn das meinem Anwalt gar nicht passte.

Leila erzählte ich nicht davon, da ihre Antwort sicherlich „Habe ich dir doch gesagt" wäre, obwohl ihr das gar nicht ähnlich sah. Ein Teil von mir wartete immer noch auf den Augenblick, in dem sie mich enttäuschen würde, wie Teresa das mit Miguel getan hatte.

Aber Leila war nicht Teresa. Sie würde mir nie etwas unter die Nase reiben. Wieso fiel es mir also so schwer, sie zu mir hereinzulassen?

Diese Gedanken hegte ich, während ich nach einem Weihnachtsgeschenk für sie suchte. Das schreckliche Gebimmel der Glocken und Weihnachtslieder, die im Einkaufszentrum rauf und runter liefen, gingen mir dabei auf den Keks. WO ich auch hinsah, wurde ich daran erinnert, dass der große Tag nur noch drei Tage entfernt lag.

Es fiel mir schwerer als gedacht, ein Geschenk für Leila zu finden. Selbst für Daryn hatte ich mit Leichtigkeit etwas gefunden. Ich hatte ihr einfach einen Gutschein für ein Spa-Wochenende geschenkt. Das war mein Friedensangebot dafür, dass ich den Sony-Deal vermasselt hatte. Ich hatte schon länger nicht mehr mit ihr geredet. Mit der Zeit hatte ich eine neue Perspektive gewonnen. Ich machte den Jungs keinen Vorwurf mehr, dass sie sich neu orientieren wollten, nachdem meine Pläne unsicher blieben.

Ich hatte angenommen, dass Daryn ihre Entscheidung unterstützt hatte, doch deprimiert wie ich war, hatte ich sie nie selbst gefragt. Ohne die Band fehlte schlicht und einfach die Marke, die wir so mühevoll kultiviert hatten und es war weitaus schwieriger, mich alleine zu vermarkten.

Vielleicht redete ich mir das aber nur ein? Es war leichter, als darüber nachzudenken, dass ich wieder von vorne anfangen und mich von unten hochkämpfen musste. Schließlich war ich nicht mehr einundzwanzig.

Der Gedanke daran, was alles hätte sein können, wurde auf einmal verdrängt, als ich vor einem Juwelierschaufenster zum Stehen kam.

Schmuck war immer so eine Sache. Ich wollte Leila etwas schenken, um ihr zu zeigen, wie sehr ich ihre Hilfe wertschätzte, aber ich wollte auch nicht, dass sie dachte, ich spiele auf eine gemeinsame Zukunft an.

Wieso eigentlich nicht? Willst du keine Zukunft mit Leila?

Der einzige Grund, der meiner Ansicht nach dagegen sprach, war, dass wir komplett gegensätzlich waren. Sie verdiente einen Mann, der ebenso herzensgut war wie sie, kein aufgeschwemmter Sänger, der von seiner Band sitzen gelassen worden war.

Mein Handy klingelte und durchbrach meinen Nebel der Selbstzerfleischung. Ich holte es aus meiner Handytasche, die ich an meinen Gürtel geschnallt hatte.

Es war Daryn.

„Fröhliche Weihnachten!", zwitscherte sie mir ins Ohr. „Wie gefällt dir die Elternschaft?"

„Ich habe gar nicht erwartet, von dir zu hören. Ich schätze, du hast mein Geschenk bekommen?"

„Das habe ich und es ist echt witzig, dass es ausgerechnet heute angekommen ist, weil ich dich ohnehin anrufen wollte."

„Telepathie, was? Wie läuft's in der großen Stadt?"

„Ich nehme jetzt fünf Xanax und sieben Ritalin pro Tag, also alles beim Alten. Wann kommst du nach Hause?"

Ich schnaubte in dem Glauben, dass sie Scherze mit mir trieb.

„Managest du immer noch die Jungs? Haben sie schon einen neuen Sänger gefunden?"

„Willst du mich verarschen?", schnaubte Daryn. „Als diese Idioten mir ihren Plan verkündet haben, habe ich sie so lange ausgelacht, bis sie aus meinem Büro verschwunden sind. Du bist die Seele von Rune, das bist du immer gewesen. Ohne dich gibt es keine Band und das habe ich ihnen auch unmissverständlich klar gemacht."

Mein Herz schwoll dankbar an, aber es gelang mir, meine Stimme neutral zu halten. Schließlich war sie eine Agentin und die waren bekannt dafür, zu lügen. Wenn sie die Wahrheit sagte, warum hatte sie mich dann nicht angerufen? Vielleicht hatte sie versucht, Rune ohne mich herauszubringen und es war nicht gut gelaufen.

„Nun, ich freue mich, dass du hinter mir stehst."

„Schätzchen, ich habe mir den letzten Monat den Arsch aufgerissen, um alles zu organisieren. Deshalb habe ich mich nicht gemeldet, wobei ich auch dachte, du hättest aufgegeben, bis ich dein Geschenk bekommen habe."

„Was zu organisieren?"

Ich entfernte mich von dem Fenster und ging auf eine Bank zu, auf die ich niedersank, während Daryn mir weiter ins Ohr flötete.

„Na, Sony natürlich. Dein Treffen mit Sony."

„Ich habe es mir mit Sony vermasselt."

Daryn lachte kläffend auf und erinnerte mich dabei an einen Chihuahua.

„Du machst Witze, oder? Dachtest du wirklich, der Deal sei geplatzt, weil du das Treffen verpennt hast?"

„Äh, ja", gab ich langsam zurück. „Wenn man eine riesige Firma versetzt, geben sie einem normalerweise keine zweite Chance."

Daryn grölte vor Lachen.

„Ach, Schätzchen!", kicherte sie. „Entweder du glotzt zu viel Fernsehen oder du kennst wirklich das Business nicht. Sony wird schätzungsweise sechzig Mal pro Tag versetzt. So läuft das eben, wenn man mit Künstlern zusammenarbeitet. Aber sie wollen Kohle verdienen, Jayce."

„Das heißt, es gibt ein zweites Treffen?" Ich setzte mich kerzengerade auf, den Mund weit geöffnet.

„Dachtest du wirklich, sie würden das nicht mehr wollen? Es war nur eine Frage der Zeit. Ich habe dich am zweiten Januar eingebucht. Schaffst du es bis dahin nach LA?"

Ich war sprachlos.

„Jayce? Bist du noch da? Oh Mann, ich hasse Samsung. Jayce? JAYCE?"

„Ich bin da, ich bin da!", meldete ich mich, bevor sie mein Trommelfell zum Platzen brachte. „Klar, ich komme zurück. Was ist mit dem Rest der Band?"

„Scheiß auf sie. Sie wollen dich, Jayce. Diese Idioten haben einen großen Fehler gemacht, als sie dich abgesägt haben. Es sind deine Stimme und dein Sexappeal, die eure Musik verkaufen. Willst du sie anrufen oder soll ich?"

Wieder wusste ich nicht, was ich sagen sollte.

„Von mir aus", seufzte Daryn. „Du kannst es ihnen sagen. Skype mit ihnen und nimm es auf, damit ich ihre doofen Gesichter sehen kann, in Ordnung?"

„In Ordnung."

„Ich muss los, Süßer. Chandra Dillion ist gerade hier und macht mir Stress, weil sie denkt, dass ich nach ihrer Pfeife tanze."

„Alles klar."

Das Gespräch wurde beendet und ich starrte das Handy in meinen Händen an und schüttelte den Kopf.

Ich war kein hoffnungsloser Fall mehr – es würde immer noch ein treffen mit Sony geben!

All die Aufregung wurde nur gedämpft durch den Gedanken daran, Leila und Micah die Neuigkeiten zu verkünden.

Denn wenn alles lief, wie ich es wollte, würde ich nach LA zurückmüssen... und zwar unbefristet.

AM WEIHNACHTSMORGEN SCHARTEN wir drei uns im Schlafanzug um den hell erleuchteten Baum im Wohnzimmer, tranken heiße Schokolade und machten Fotos. Es war ein schwerer Tag für meinen Bruder, aber er zeigte seine Gefühle nicht; er war mir so ähnlich. Unserem Vater so ähnlich.

Leila schenkte mir einen dicken, samtigen Morgenmantel in weinrot, denn in dieser Farbe gefiel ich ihr besonders. Gesagt hatte sie das noch nie, aber immer wenn ich weinrot trug, leuchteten ihre Augen besonders.

Micah schenkte mir eine Uhr. Sie war nicht teuer, aber er hatte meine Initialen in sie gravieren lassen. Wir kuschelten zwar noch nicht und rangelten auch noch nicht, aber es lief schon besser zwischen uns. Zumindest schien er mich nicht mehr so zu hassen, wie er das früher vielleicht getan hatte.

Würde ich das alles aus der Bahn werfen, indem ich dieses Treffen wahrnahm?

Micah schien sich über seine Geschenke zu freuen – er bekam ein Fahrrad und Computerspiele. Leilas Geschenk hob ich bis ganz zum Schluss auf.

Als sie es öffnete, errötete sie leicht und blickte mich entgeistert an.

„Oh mein Gott, Jayce!", keuchte sie. „Das muss ein Vermögen gekostet haben."

Doch das war es wert, nur damit ich ihre leuchtenden Augen sehen konnte, während sie die Diamantkette an ihren geröteten Hals hielt.

„Darf ich?" Sie rutsche näher an mich heran und positionierte sich zwischen meinen Beinen, als ich die Kette um ihren Hals legte.

„Ganz schön schick. Jetzt musst du ausnahmsweise mal mit ihr Essen gehen", witzelte Micah.

„Kümmer dich um deinen eigenen Kram", gab ich zurück, doch mir wurde klar, wie recht er hatte. Wir hatten noch nicht einmal ein richtiges Date gehabt. Wenn wir mal wohin gingen, war Micah immer dabei.

Wir werden in LA ganz oft auf Dates gehen. Dort kann man das viel besser als hier.

Dieser Gedanke war mein Startsignal. Ich räusperte mich, während Leila sich wieder setzte und ihr Geschenk andächtig mit den Fingern nachfuhr.

„Ich habe vor ein paar Tagen sehr gute Neuigkeiten bekommen."

Sie blickten mich beide erwartungsvoll an. Ich hätte besser nichts sagen sollen, aber wie lange wollte ich das noch hinausschieben? In einer Woche musste ich schon wieder in LA sein und ab da würden die Dinge sich sehr schnell entwickeln.

Mein Haus dort stand leer, obwohl ein Nachbar ein Auge drauf warf. Wir hätten dort gut zu dritt Platz. Aber was geschah dann mit diesem Haus? Ein Verkauf würde uns beide sehr schmerzen – unsere Eltern hatten dieses Haus geliebt. Sie hatten es mir vermacht, damit ich es Micah vermachen konnte.

„Also? Spann uns nicht so auf die Folter", flehte Leila mich an. „Was für Neuigkeiten?"

„Ich habe mit Daryn gesprochen und – "

„Wer ist Daryn?", unterbrach Micah. Mir wurde klar, dass keiner von beiden meine Agentin kannte. Sie war auf der Beerdigung gewesen, aber ich hatte sie ihnen nicht vorgestellt.

„Sie ist meine Agentin aus LA."

Mit einem Schlag verschwand das Leuchten in ihren Gesichtern.

„Ach so."

Ich war mir nicht sicher, wer von beiden das gesagt hatte, aber beide schienen es zu denken.

„Und", beeilte ich mich zu sagen, bevor ich den Mut verlor, „es stellt sich heraus, dass ich mich doch mit Sony treffe. Am zweiten Januar muss ich wieder in LA sein."

„Weshalb trefft ihr euch?", fragte Micah. Leila wandte sich ab.

„Ich könnte einen Plattenvertrag abschließen. Wir hätten uns schon früher treffen sollen, aber..."

Ich unterbrach mich, denn ich wollte nicht von meinen Eltern sprechen.

„Was bedeutet das also?", wollte Micah wissen. Dabei wusste er es eigentlich schon.

„Das bedeutet, kleiner Bruder, dass mein Traum endlich wahr wird."

Leila schnaubte. Micah sprang wütend auf.

„Du gehst also wieder nach LA zurück!", brüllte er mich an. „Das soll das heißen."

„Nun – nun ja, Micah, es heißt – "

„Ich wusste doch, dass du mich wieder verlassen würdest", brüllte Micah und die Tränen stiegen ihm in die Augen. „Ich wusste es!"

Er rannte aus dem Zimmer, bevor ich ihm alles erklären konnte. Ich eilte ihm hinterher, aber Leila hielt mich auf.

„Lass mich mal." Ihre Stimme klang irritiert.

„Ich verlasse ihn doch nicht. Selbstverständlich kommt ihr beide mit mir."

Sie starrte mich ungläubig an.

„Selbstverständlich?", fragte sie skeptisch. „Selbstverständlich kommen wir mit?"

Ich hatte das Gefühl, man hätte mir ein Stahlrohr in den Rücken gerammt.

„Ja... natürlich kommt mein Bruder mit und ich hatte angenommen – "

„Du hast angenommen, dass ich einfach meine Sachen packe und dir ans andere Ende des Landes folgen würde, ohne überhaupt zu wissen, was du eigentlich von mir willst?"

Die Wut, die auf einmal aus ihr heraussprudelte, passte gar nicht zu der Frau, die ich im letzten Monat kennengelernt hatte.

„Leila, das ist eine einmalige Gelegenheit. Ich hatte gedacht, ich hätte meine Chance verspielt, aber jetzt klopft das Glück wieder bei mir an – ausgerechnet zu Weihnachten."

Sie fand die Worte nicht für ihre Unzufriedenheit, wirbelte stattdessen herum und rannte Micah hinterher.

Ich biss die Zähne zusammen. Ich war versucht, ihnen zu folgen und sie zum Zuhören zu zwingen, aber was wollte ich schon noch groß sagen? Micah verstand ich. Er war noch ein Kind. Er kannte kein Leben außerhalb von Alpena. Aber Leila? Sie sollte auf meiner Seite sein.

Ich ließ mich wieder auf die Couch sinken und starrte in den Garten hinaus. Es fing an zu schneien und ich konnte meinen Blick nicht von den funkelnden Lichtern im Garten des Nachbarn losreißen.

Weihnachten in LA war ganz anders. Es war warm, Männer und Frauen in Badeklamotten fuhren auf Rollerblades umher. Es gab dort keine Melancholie oder Trauer.

Was hatte ich mir bloß dabei gedacht, Leila überhaupt in mein kompliziertes Leben zu ziehen? Sie war ein einfaches Mädchen mit einfachen Werten. Wir beide waren schicksalshaft verliebt, aber nun war ich meinem Herzen gefolgt und hatte mir wieder einen Platz auf ihrer Hassliste eingefangen.

Ein Teil von mir hoffte, dass sie sich weigern würde mitzukommen. Das könnte zu nur noch mehr Problemen führen. Wenn es nach einem Monat schon so krachte, wie würde es dann erst in einem Jahr laufen?

Aber das heißt nicht, dass ich sie gehen lassen will.

Nun lag es in Leilas Händen. Ich konnte nichts weiter tun als mich zurückzulehnen und ihre Entscheidung abzuwarten, doch währenddessen traf auch ich eine Entscheidung: Ob Leila nun mitkam oder nicht, ich würde nach Kalifornien zurückkehren.

10
LEILA

Ein Jahr später

Ryan hatte das Radio im Wohnzimmer voll aufgedreht und einer von Jayce Joyces Songs lief.
„Mach den Scheiß sofort aus!", grollte ich. Meine ganze Familie blickte mich schockiert an, aber mein Bruder gehorchte sofort. Niemand wollte mir in die Quere kommen, schon gar nicht nach den letzten paar Monaten.
„Schließlich ist das keine Weihnachtsmusik, oder?" Wieso fühlte ich mich verpflichtet, mich ihnen gegenüber zu rechtfertigen? Meine Gefühle Jayce gegenüber und wie die Dinge zwischen uns zu Ende gegangen waren, waren glasklar.
Im Endeffekt hatte er mich verlassen und meinen kleinen Freund mitgenommen.
Ein Jahr lang versuchte ich nun schon zu verstehen, wie er nur so leicht hatte gehen können, als hätte ihm das mit mir nichts bedeutet. Klar, er hatte mich gebeten, mit ihm zu kommen, aber nur in zweiter Instanz. In die Entscheidung war

ich nicht mit eingebunden worden – er hatte von mir erwartet, dass ich ihm wie ein Hündchen hinterherlief.

Wieso war ich nicht mitgekommen?

Diese Frage konnte ich noch immer nicht beantworten. Wie oft hatte ich bloß das Telefon genommen oder mein Email-Konto aufgerufen, um ihm eine wütende Nachricht zu senden? Doch getan hatte ich es nie. Ich hatte auch auf keine einzige seiner zahllosen Nachrichten geantwortet.

Aber das war nur ganz am Anfang gewesen. Mittlerweile hatte ich monatelang nichts mehr von Jayce gehört, seit seine Songs im Radio rauf und runter liefen. Ich konnte nirgends mehr hin, ohne seine Stimme zu hören, und das ging mir gehörig auf den Geist.

„Iss etwas, Schätzchen", drängte mich meine Mutter und setzte mir einen Burger vor die Nase. Ich haute rein. Ich konnte mich nicht an das letzte Mal erinnern, dass ich eine warme Mahlzeit gegessen hatte.

„Ich habe gehört, dass sie bei H&M noch Personal suchen", rief mir Dad vom Grill aus zu. Er schlug mir das nicht gerne vor, aber er wusste, dass ich einen Job brauchte. Und er wollte auch, dass ich letztendlich wieder bei ihnen auszog, obwohl Mom darauf bestand, dass ihr diese Situation passte.

„Einzelhandel. Hört sich ja super an."

„Es ist nicht zu spät, zurück zur Schule zu gehen", schlug Morris vor. Ich zeigte ihm den Mittelfinger.

„LEILA!", gaffte mich meine Mutter an. Ich ignorierte sie und widmete mich weiter dem Burger. Ich hatte gedacht, dass sie sich mittlerweile daran gewöhnt hatte. Alle anderen schienen akzeptiert zu haben, dass meine Persönlichkeit sich verändert hatte, auch wenn die Änderung nicht unbedingt zum Besseren war.

Mom bereute, dass sie sich nicht stärker dagegen eingesetzt hatte, als ich diesen „Job" bei den Jensens angenommen hatte.

„Ich wusste doch, dass er ein schlechter Einfluss auf dich sein würde", hatte sie mehr als einmal verlauten lassen. „Ich wusste es einfach. Das ist alles meine Schuld."

„Ich bin erwachsen, Mom", erinnerte ich sie dann jedes Mal. „Ich kann meine eigenen Entscheidungen treffen."

„Kannst du das wirklich?", erwiderte sie jedes Mal.

„Das Haus der Jensens steht zum Verkauf", bemerkte Cat und ich blickte erschrocken auf.

„Wie bitte?"

Meine Schwester nickte ernst. Ich biss mir auf die Zunge, um mich davon abzuhalten, loszuschreien.

„Es steht ein ‚Zu Verkaufen'-Schild davor und Kendall Reynolds ist die Maklerin. Er verkauft es von LA aus. Er ist nicht einmal vorbeigekommen, nachdem die Mieter letzten Monat ausgezogen sind."

Nein, Jayce war nicht zurückgekommen, zumindest wüsste ich nichts davon.

„Was für ein Arsch."

Wieder warf meine Familie sich nervöse Blicke zu.

Er verkaufte Micahs Haus. Gerade als ich gedacht hatte, dass ich ihn nicht noch mehr hassen könnte.

Ich schloss die Augen und dachte an den kleinen Jungen, den ich wie meinen eigenen Bruder geliebt hatte, und fragte mich, wie es ihm wohl ging.

Was Jayce da tat, war weder mir noch ihm gegenüber fair und ich würde ihm nie dafür vergeben. Nie.

„Er muss nach Alpena zurückkommen, wenn er die Abschlussbeschauung durchführt und die Papiere unterschreibt", bemerkte Cat und ich konzentrierte mich wieder auf das Gespräch. Sie wollte mich damit ermutigen.

„Schätze, das muss er. Ich wette, er erwartet ein Wilkommenskommittee, wenn er in seinem Jet auf Kosten von Sony landet."

„Leila, wenn er kommt, solltest du – ", setzte meine Mutter an, aber mein wütender Gesichtsausdruck ließ sie verstummen. Sie räusperte sich und blickte zu Dad, der immer noch am Grill beschäftigt war.

„Oder eben nicht", schloss sei müde.

„Vielleicht könntest du ihm einen Kuchen backen. Das läuft doch immer."

„Hey", knurrte Dad und warf mir einen strengen Blick zu. „Nur weil du nicht klug genug warst, einem berüchtigten Bad Boy aus dem Weg zu gehen, heißt das nicht, dass deine Mutter daran schuld ist."

Ich atmete tief und zerknirscht ein.

„Ich weiß. Es tut mir leid, Mom."

Plötzlich legte sie ihre Arme um mich und hielt mich fest.

„Du bereust es, dass du nicht mit ihm und Micah nach LA gegangen bist, aber denke doch daran, was für ein Leben du dort nun führen würdest. Denke an die – "

„Mom, bitte. Ich will das nicht alles noch einmal durchkauen. Meine Entscheidung war für alle das Beste, egal wie schwer es vielleicht gewesen ist und wie sehr du und Dad mich dafür anzweifelt."

„Wir zweifeln dich nicht an!", verkündeten meine Eltern gleichzeitig.

Meine Geschwister und ich mussten lachen.

Ich nahm wieder meinen Burger und biss erneut beherzt hinein.

„Wie dem auch sei", beschloss Cat. „Du solltest die Ohren steif halten, falls er in die Stadt kommt. Kendall hat mir versprochen, dass sie mir schreibt, wenn sie etwas hört."

Ich nickte und kaute langsam. Das Brot schmeckte wie Sägespäne in meinem Mund.

Meine komplette Familie hatte ihre Augen auf mich gerichtet, aber ich erwiderte ihren Blicken nicht. Ich wollte das Thema vom Tisch haben.

Sie würden sich mir niemals widersetzen und sich hinter meinem Rücken mit Jayce in Verbindung setzen, aber das hieß auch nicht, dass sie meine Entscheidung unterstützten, ihn abzuservieren; schließlich war auch ein Kind mit im Spiel.

„Oh." Ich richtete mich auf, als ich ein Geräusch hörte, aber Mom legte ihre Hand auf meinen Arm.

„Ich kümmere mich schon drum. Iss einfach fertig."

Ich lächelte sie dankbar an und sank in meinen Stuhl, aber instinktiv versuchte ich, in das Haus hineinzulauschen.

Es klingelte an der Tür und wir blickten einander neugierig an.

„Kommt das Christkind dieses Jahr verfrüht?", witzelte Dad und wollte zur Tür gehen, aber Morris hielt ihn auf.

„Ich geh schon, Papa. Mach die Burger fertig."

Dad lachte und tat so, als würde er Morris das Geschirrtuch hinterherwerfen, als es erneut an der Tür klingelte.

„Ganz schön ungeduldig", bemerkte ich.

„Es ist ja auch eiskalt draußen, Leila", wies Cat mich zurecht. „Da wäre ich auch ungeduldig."

Ich wette, in Kalifornien ist es brühwarm.

Seit Erntedankfest dachte ich noch öfter an Jayce. An diesem Tag vor einem Jahr hatte die Affäre zwischen uns begonnen.

Ich spielte das „Was wäre, wenn"-Spiel ziemlich oft.

Was wäre, wenn Daryn nie angerufen hätte?

Wenn ich mit nach LA gekommen wäre?

Wenn ich nie mit ihm geschlafen hätte?

Natürlich war dieses Spiel so sinnlos wie eh und je und es machte mich nur noch frustrierter, vor allem, da es mir wertvollen Schlaf raubte.

„Ähm, Lee?"

Morris tauchte an der Küchentür auf und sah ganz schön verdattert aus. Alle Blicke richteten sich auf ihn.

„Was?"

„Du hast da einen Besucher."

„Ist es Melanie? Bitte werde sie für mich los!", flüsterte ich ihm theatralisch zu. „Ich kann ihr nicht noch mehr Avon abkaufen."

Er schüttelte den Kopf, die Augen weit aufgerissen. Plötzlich drehte sich mir der Magen um und ich sprang auf.

„Nein..." sagte ich langsam. „Es ist doch wohl nicht..."

„Es ist nicht Jayce", versicherte er mir.

„Wer dann?"

„Es ist sein Bruder – Micah."

Sofort war ich wieder angespannt. Ich rannte aus der Küche und meine Familie rannte mir hinterher.

„Micah!" Er stand im Eingangsbereich. Er sah toll aus, war ein ganzes Stück gewachsen und trug einen Designermantel mit Kunstpelz.

Wenigstens passt Jayce auf ihn auf. Ich bekam ein schlechtes Gewissen. Jayce liebte seinen Bruder tatsächlich.

Das war ja auch nie das Problem. Es gab... andere Probleme.

„Hey, Leila." Er blickte mich schüchtern an und ich eilte auf ihn zu, um ihn herzlich zu umarmen. Er schien überrascht zu sein, erwiderte meiner Umarmung aber zögerlich, während er meine Familie ansah, die uns vom Gang aus musterte.

„Ignoriere sie einfach", zwitscherte ich und warf einen nervösen Blick nach oben auf der Suche nach meiner Mutter. „Sie verlassen selten das Haus und wissen schon gar nicht mehr, wie andere Menschen aussehen."

„Ich freue mich echt, dich zu sehen. Tut mir leid, dass ich mich nicht bei dir gemeldet habe, aber mein Bruder passt gut auf mich auf und hat immer gemeint, ich solle dir lieber nicht auf die Nerven gehen, wenn ich dich besuchen wollte."

Mein Lächeln gefror.

Super. Du machst mich also zur Bösen. Das ist echt typisch für dich, Jayce.

„Du gehst mir niemals auf die Nerven, Liebes..." Es schien, als wolle er hereingebeten werden, aber ich konnte es nicht riskieren.

„Hör mal, Micah, ich würde total gerne mit dir plaudern, aber wir sind gerade auf dem Sprung... zu einer Familienfeier. Wollen wir uns morgen treffen? Wie lange bleibst du in Alpena?"

„Bis morgen Abend. Jayce muss Freitagmorgen wieder im Studio sein."

Ich hörte den Schluchzer, doch als ich mich umdrehte, vernahm ich bereits die Stimme meiner Mutter.

„Tut mir leid, Leila. Ich habe versucht, sie zu beruhigen, aber das Baby will eben zur Mama."

Erst in diesem Augenblick erblickte Mom Micah und verstummte schlagartig, während meine Tochter weiterhin untröstlich in ihren Armen heulte.

Micah wurde blass und blickte mich überrascht an.

„D-du hast ein Baby?", wollte er wissen. Ich wollte in diesem Augenblick im Erdboden versinken.

„Ähm, ja." Was sollte ich sonst sagen? War Micah alt genug, um zu verstehen, dass meine kleine Tochter seine Nichte war? Mom überreichte mir Charlotte und ich wiegte sie sanft.

„Ach so." Er warf einen Blick auf Charlottes winziges Gesicht und ein Lächeln legte sich auf seine Lippen. „Sie ist süß. Ich wusste gar nicht, dass du geheiratet hast."

Ich gab mir nicht die Mühe, ihn zu korrigieren.

„So ist es", log ich. „Ich habe geheiratet und ein Baby bekommen."

Hinter mir atmete meine ganze Familie erleichtert aus.

„Aber darüber können wir morgen reden."

Er nickte.

„Im Café Crêpe auf der Sanford?", schlug ich vor. „Gegen Mittag?"

Zu dieser Zeit schlief Charlotte immer. Er nickte und warf ihr einen langen Blick zu, bei dem mein Herz einen Schlag aussetzte. Charlotte sah den Jensens so ähnlich. Es war unmöglich, die dicken, schwarzen Haare und die großen, braunen Augen zu übersehen. Aber Micah wusste doch sicher nichts, oder?

„Bis morgen", erwiderte er und wollte im Schnee verschwinden.

„Warte, Micah", rief Morris ihm zu. „Ich fahre dich."

Er schüttelte den Kopf.

„Nein – ich will nicht, dass Jayce dich sieht", erwiderte er. „Gute Nacht."

Ich lehnte mich an die Tür und wiegte meine Tochter in meinen Armen.

„Glaubst du, er erzählt Jayce etwas davon?", fragte Mom. Ich hörte an ihrer Stimme, dass sie das zumindest hoffte.

„Keine Chance. Wahrscheinlich redet er nicht einmal mit diesem Mistkerl", gab ich zurück und stolzierte mit unserer gemeinsamen Tochter die Treppe hinauf.

11

JAYCE

Mari rauchte eine Zigarette auf der Veranda, als ich vor dem Haus vorfuhr. Ich verzog frustriert das Gesicht.

„Wo ist Micah?"

Sie zuckte mit den Schultern und antwortete nicht. Ich drängte mich an ihr vorbei und sperrte mit einem Knopfdruck das Auto ab.

Micah saß wie immer vor dem Fernseher und blickte mich kaum an, als ich eintrat. Seit wir am Tag davor aus Michigan zurückgekehrt waren, verhielt er sich besonders kratzbürstig.

„Hast du schon gegessen?" Ich konnte mir nur zu gut vorstellen, was die Antwort hierauf war. Ich war den ganzen Tag im Studio gewesen und war hundemüde. Das letzte, was ich jetzt wollte, war zu kochen. Vor allem nicht, wenn ich Mari dafür bezahlte.

Ich bezahlte sie auch dafür, den Haushalt zu führen. Aber sie stand stattdessen draußen, rauchte und scrollte scheinbar durch ihren Newsfeed.

Ich hätte sie am liebsten gefeuert, aber sie war bereits die dritte Nanny, die ich seit meiner Rückkehr nach Kalifornien angeheuert hatte. Sie war mit Abstand die beste. Die erste hatte Meth geraucht; die zweite hatte von meinem Schlafzimmer aus als Camgirl gearbeitet, während Micah in der Schule war – ich hatte sie erwischt, als ich eines Tages früher als sonst nach Hause gekommen war.

Keine der drei beschäftigte sich auch nur im geringsten mit Micah. Ich fing an zu denken, dass es ohne eine Nanny besser wäre. Aber trotzdem konnte ich meinen elfjährigen Bruder nicht in LA alleine lassen.

Je mehr Zeit ich mit den Frauen in Los Angeles verbrachte, desto mehr vermisste ich Leila. Aber sie hatte es mir von Anfang an deutlich gemacht – wenn ich ging, wäre es das mit uns.

Damals hatte ich gedacht, dass sie es sich noch anders überlegen würde, aber sie hatte meine Mails, meine SMS und meine Anrufe ignoriert. Ein Nachbar hatte mir erzählt, dass sie wieder bei ihren Eltern eingezogen war, aber dort traute ich mich nicht hin. Carla hasste mich und ich wollte meinen Ruf nicht noch verschlimmern.

Das Beste, was ich nun tun konnte, war Leila zu vergessen, auch wenn es mich innerlich zerriss.

Micah beantwortete meine Frage nicht, also stellte ich sie noch einmal.

„Hast du Hunger? Hast du schon gegessen?"

„Nein, ich habe noch nicht gegessen!", fuhr er mich an. „Das habe ich doch gerade gesagt!"

Ich legte meinen Kopf auf die Seite und versuchte, meine eigene Wut unter Kontrolle zu bekommen. Er verhielt sich so, seit wir das Haus verkauft hatten. Ich schrieb es einfach dieser Sache zu – wieder etwas, weswegen er auf mich sauer war. Ich hatte es nicht einmal verkaufen wollen, aber ich konnte nicht vom anderen Ende der Staaten aus ein Vermieter dafür sein. Mein Terminplan war außerdem zu voll und ich traute niemandem sonst zu, sich darum zu kümmern.

Das stimmt nicht ganz – Leila hätte ich es zugetraut, aber sie hatte meinen Vorschlag damals ohne Umschweife abgewiesen. Sie hatte nicht einmal darin wohnen wollen.

Sie wollte nichts mehr mit mir zu tun haben.

„Hol deine Jacke. Wir gehen Essen."

Endlich riss er sich von seinem Computerspiel los und stand auf. Natürlich tat er das – dieser Junge aß für sein Leben gerne.

„Mari, wir gehen Essen", verkündete ich, als wir sie auf der Veranda passierten.

„Wohin?", fragte sie. „Könnt ihr mir was mitbringen?"

Ich tat so, als hätte ich sie nicht gehört, während wir in meinen Audi stiegen. Ich wollte schon bald einen BMW kaufen, aber dafür hätte ich erst nach der Tour Zeit.

„Willst du mir verraten, warum du so scheiße drauf bist?", fragte ich Micah, um galant das Eis zu brechen.

„Du machst alles kaputt", giftete er und die direkte Antwort überraschte mich.

„Kannst du da ein bisschen spezifischer werden?" Ich wusste schon, was jetzt kommen würde – er war wütend, weil ich das Haus verkauft hatte.

„Du hättest Leila eh nicht verdient. Ich bin froh, dass sie jetzt verheiratet ist."

Mir wurde gleichzeitig heiß und kalt und einen Augenblick lang vergaß ich völlig, wo ich war. Mein Bruder sagte irgendetwas zu mir, noch mehr fiese Sachen, aber ich hörte nichts mehr.

„Leila ist verheiratet?"

Er verstummte, schüttelte den Kopf und blickte angewidert aus dem Fenster.

„Ja. Und ihre Tochter ist auch süß."

Das reichte.

Ich fuhr so abrupt rechts ran, dass die Reifen quietschten

und der Fahrer hinter mir mich wütend anhupte, aber nichts hätte mir egaler sein können.

„Was sagst du da?"

„Du hast mich schon gehört. Ich glaube nicht, dass sie will, dass du es weißt. Hoffentlich bist du jetzt zufrieden. Wir hätten eine Familie werden können und du hast es vermasselt, Jason. Du vermasselst alles!"

Ich fand es ziemlich surreal, von einem elfjährigen beschimpft zu werden.

„Woher weißt du das?"

Micah schnaubte.

„Was denkst du denn?", keifte er und verschränkte trotzig die Arme vor der Brust. „Ich habe sie zu Hause besucht."

„Bei ihren Eltern zu Hause?"

„Was interessiert dich das, Jason? Du interessierst dich doch nur für deine Musik und für dich selbst."

Er hätte nicht mehr daneben liegen können. Der Gedanke daran, dass Leila nicht nur verheiratet war, sondern auch mit einem anderen Mann ein Kind gezeugt hatte, brach mir tausendfach das Herz. Es war wie ein Schlag in die Magengrube, aber wie sollte ich das einem Elfjährigen erklären?

Tränen brannten mir in den Augen. Ich biss die Zähne zusammen und zwang mich, nicht zu weinen.

Sie ist also über mich hinweg. Ich bekomme ihn nicht mal mehr hoch, weil niemand so ist wie sie, und sie ist verheiratet und hat Kinder. Wer ist dieser Arsch, den sie geheiratet hat?

Es ging mich zwar nichts an, aber ich musste es wissen.

Ich wendete das Auto mit quietschenden Reifen und fuhr zurück nach Hause.

„Wo willst du hin? Ich dachte, wir gehen essen!"

„Ich habe es mir anders überlegt. Wir bestellen beim Lieferservice."

. . .

FACEBOOK. Sie hatte mich nicht blockiert, aber wir waren auch keine Freunde mehr. Trotzdem hatte sie ihre Privatsphäre zufällig so eingestellt, dass ich ihren Beziehungsstatus sehen konnte.

Single.

Das musste nichts heißen. Vielleicht hatte sie einfach noch nicht die Gelegenheit gehabt ihn zu ändern? Vielleicht war sie nicht mehr auf Facebook unterwegs?

Doch Halt, vor drei Tagen hatte sie zum letzten Mal einen öffentlichen Post abgesetzt. Ihre Profilbilder zeigten nie einen fremden Mann... aber auf ein paar war sie schwanger zu sehen.

Tausend Gedanken schossen mir durch den Kopf. Ich wirbelte in meinem Schreibtischstuhl herum und starrte meinen Bruder an, der an seinem vierten Stück Pizza rumkaute.

„Wie alt ist das Baby?"

Er glotzte mich geistig abwesend an.

„Was?"

„Leilas Baby. Wie alt ist es?"

Woher sollte Micah wissen, wie alt ein Baby war? Er war selbst immer noch klein.

„Ist es ein Junge oder ein Mädchen?"

„Ein Mädchen", erwiderte Micah mit vollem Mund. „Charlotte."

„Wie hat sie ausgesehen?"

Micah kniff die Augen zusammen, als gefiele ihm gar nicht, welche Richtung dieses Gespräch einschlug.

„Was interessiert dich das?", fragte er. „Sie ist eh nicht dein Kind."

Das will ich hoffen, dachte ich, wütend bei dem Gedanken, dass Leila von mir schwanger geworden und dann als Deckung einen anderen Mann geheiratet haben könnte.

Als Deckung für meine Tochter.

„Wie hat sie ausgesehen?", fragte ich erneut.

„Wie ein Baby", grummelte Micah. „Ein bisschen so wie ich."

Das war alles, was ich hören musste. Ich sprang von meinem Stuhl auf.

„Du bleibst hier bei Mari."

„Oh Mann, Jay, bitte nicht. Geh ihr nicht auf die Nerven! Sie hat jetzt ein Leben ohne dich! Lass sie in Ruhe. Sie ist glücklich."

Seine Worte ließen mich innehalten.

Er hatte recht – ich hatte kein Recht dazu, Leilas Glück zu zerstören, aber sie hatte noch weniger das Recht, mir mein Kind vorzuenthalten... wenn Charlotte mein Kind war.

Und was, wenn nicht?, ermahnte mich die leise Stimme der Vernunft. *Leila würde doch nicht vertuschen, dass wir ein Kind gezeugt hatten, oder?*

Ich dachte zurück an den Tag, an dem unsere Wege sich getrennt hatten; die Verletzung in ihren Augen, als ich mich für LA und nicht für sie entschieden hatte. Man konnte es nicht schönreden: Sie wollte mich nicht auf meinem Weg begleiten und unterstützen. Und nun fehlte sie mir mehr denn je.

„I-Ich muss zu ihr, Micah", stotterte ich.

Wie sollte ich diesem Jungen nur die heikle Lage erklären?

„Du machst ja sowieso, was du willst", brüllte Micah. „Lass dich nur nicht von ihrem Ehemann verprügeln!"

WENN BEI DEN Butlers jemand zu Hause war, öffnete er nicht die Tür. Ich setzte mich also auf die Stufen vor dem Haus, obwohl es eiskalt war und ging noch einmal alles im Kopf durch.

Du bist nicht hier, um Probleme zu machen. Du bist hier, um eine einfache Frage zu stellen. Wenn sie nicht deine Tochter ist, dann geh einfach.

Aber was würde ich tun, wenn Charlotte doch von mir war?

Ich konnte sie schließlich nicht mit ans andere Ende des Landes nehmen. Sie war noch sehr jung und konnte nicht von ihrer Mutter getrennt werden. Würde ich sie auseinanderreißen? Würde ich das Sorgerecht einklagen?

Plötzlich traf mich eine traurige Erkenntnis. Was tat ich da bloß? Ich wurde befallen von einer weihnachtlichen Melancholie. Auf einmal wollte ich weglaufen oder zumindest meinen Kopf in die nächste Schneewehe stecken.

Kein Wunder, dass Leila mir nichts von ihrer Schwangerschaft gesagt hatte. Sie kannte mich zu gut. Ich war unzuverlässig und konnte mich keiner Beziehung zu einer Frau verpflichten, weil ich zu sehr mit mir selbst beschäftigt war.

Ich verdiente es nicht, Vater eines Kindes zu sein. Ich brachte es nicht einmal zustande, ein guter Bruder zu sein. Ich stand auf, verzweifelt und niedergeschlagen.

Leila hatte das Richtige getan, indem sie mich von meiner Tochter ferngehalten hatte, wenn dieses Kind tatsächlich meines war. Sie hatte jemanden geheiratet, ihrem Kind Stabilität geboten, und nun kam ich auf einmal und wollte ihren Frieden stören. Vielleicht dachte ihr Ehemann sogar, Charlotte sei seine Tochter.

Mach dich bloß aus dem Staub, bevor dich jemand sieht! Doch es war zu spät. Ein Minivan fuhr in die Einfahrt ein in dem Augenblick, in dem ich mein Mietauto aufsperrte.

Ich sah Leila mit entgeistertem Gesichtsausdruck hinter dem Steuer sitzen und ließ beschämt den Kopf hängen. Es war definitiv zu spät.

„Jayce! W-Was tust du hier?", keuchte sie auf und fiel dabei fast aus dem Auto. Sie war allein, mal abgesehen von dem winzigen Baby, das im Kindersitz schlummerte.

Von meinem Standpunkt aus konnte ich unmöglich abschätzen, wie alt sie war. Sie hätte genauso gut vier wie zwei Monate sein können.

„Hi", sagte ich schwach. Sie sah toll aus. Die Ehe und Mutterschaft schienen ihr gut zu tun. Ihre blasse Haut war leicht gerötet von der Kälte und ich konnte sehen, dass sie ein wenig zugenommen hatte, aber es stand ihr ganz ausgezeichnet.

„Was tust du hier?" Nun klang ihre Frage bestimmter. Ich kannte sie ebenso gut wie sie mich kannte. Sie konnte nicht vor mir verbergen, dass sie sich freute, mich zu sehen, obwohl ihr Blick auch von Unsicherheit gezeichnet war.

Jetzt war also der Moment der Wahrheit gekommen. Frag sie nach Charlotte! Sie war alleine. Würde sie mich anlügen? Das würde ich durchschauen.

„Ich bin gekommen, um Charlotte zu sehen."

Ich platzte einfach damit heraus und ein Schatten legte sich über ihr Gesicht.

„Micah hat es dir erzählt."

Es war keine Frage.

„Ist sie meine Tochter, Leila? Ich werde dir und deinem Mann keine Probleme machen. Ich verstehe, warum du mir nichts von ihr erzählt und dann so schnell geheiratet hast, aber ich muss einfach wissen, ob sie mein Kind ist."

Leila gab keine Antwort, aber ihr Knie fing an zu zittern, obwohl sie dick und warm eingepackt war. Sie wandte den Blick ab.

„Es tut mir leid", flüsterte ich heiser. „Ich wollte dir nie wehtun, Leila. Mir war nicht klar, wie stark das zwischen uns war, bis ich nicht mehr bei dir war. Ich erwarte nicht von dir, dass du mir vergibst. Wenn du und dein Mann einen Weg finden könnt, wie ich ein Teil von ihrem Leben sein kann... Ich mache dir keine Probleme, versprochen – "

„Ich bin nicht verheiratet."

Zu sagen, dass ich Erleichterung verspürte, wäre schwach ausgedrückt. Meine Knie gaben tatsächlich nach und ich stolperte auf sie zu, durch den knöcheltiefen Schnee hindurch.

„Bist du nicht?"

Sie schüttelte den Kopf und warf einen Blick zu dem Auto, in dem Charlotte schlief.

„Dein Bruder hat das angenommen, als er mich mit dem Baby gesehen hat, also habe ich einfach mitgespielt. Ich wollte nicht, dass er zu dir rennt und dir erzählt..."

Sie verstummte, aber sie musste ihren Satz nicht einmal beenden. Ich wusste schon, was sie dachte.

„Hast du einen Freund?"

Sie schnaubte. „Keine Chance."

War dieser Ausruf eine Beleidigung oder ein Grund zur Hoffnung? Ich entschied mich, an Letzteres zu glauben.

„Hättest du gerne einen?", neckte ich sie und schloss die kleine Lücke zwischen uns. Sie blickte mich misstrauisch an und mein Herz setzte einen Schlag aus.

„Ich ziehe mit dem Baby nicht nach Los Angeles", verkündete sie.

„Darum bitte ich dich auch gar nicht. Ich habe schon einmal den Fehler gemacht, dich gehen zu lassen, Leila, und ich werde es kein zweites Mal tun."

Sie blickte mich an und zog ihren Schal herunter, sodass ihr Gesicht nicht mehr vor der Kälte geschützt war.

„Du kommst also hierher zurück?"

„Ich finde schon eine Lösung." So weit hatte ich noch gar nicht vorausgedacht. „Wenn du mich ein Teil von Charlottes Leben werden lässt... und ein Teil von deinem Leben."

Sie war immer noch nicht ganz überzeugt, aber es schien, als wolle sie meine Worte glauben.

„Leila, ich liebe dich."

Sie machte große Augen und riss den Mund auf.

„W-Wirklich?", haspelte sie.

„Wirklich. Vom ersten Augenblick an! Sobald ich ohne dich

in LA gelandet bin, habe ich mich unsäglich beraubt gefühlt. Als du nicht auf meine Anrufe reagiert hast – "

„Ich wollte unsere Trennung so unkompliziert wie möglich machen", warf sie ein und ich wollte mich nicht mit ihr streiten.

„Daraus mache ich dir keinen Vorwurf. Du hast richtig gehandelt – du handelst immer richtig, Leila. Seit ich dich kenne, bin ich ein besserer Mensch geworden. Weniger temperamentvoll."

„Witzig", gab sie zurück. „Seit ich dich kenne, bin ich launischer und unhöflicher geworden. Frag einfach meine Familie."

Ich musste lachen.

„Darf ich dich küssen?", fragte ich sanft und beugte mich vor, um sanft mit meinen Lippen über ihre zu streifen. In diesem Augenblick durchschnitt ein durchdringender Schrei die Stille und ich fuhr herum.

Leila kicherte.

„Daran kannst du dich gewöhnen", schmunzelte sie. „Sie hat das beste Timing."

Sie eilte zum Van, um die Tür zu öffnen und sich des Babys anzunehmen, während ich verblüfft zusah.

Sie war meine Tochter, keine Frage. Das Haar, die Augen, der Schmollmund – alles typische Züge für Jensens.

„Charlotte", flötete Leila dem unruhigen Baby zu. „Das ist dein Papa."

Leila hielt sie mir hin und mich überkam eine Welle der Panik.

„Bist du dir sicher?", zögerte ich. „Sie ist so klein."

Leila lachte.

„Ich bin mir sicher. Sie ist robuster, als sie aussieht."

Behutsam griff ich nach meiner kleinen Tochter. Sofort wurde Charlotte ruhig und blickte mich mit neugierigen, braunen Augen an.

„Du bist also robuster als du aussiehst, was?", flüsterte ich. „Vielleicht bist du wie deine Mutter."

Ich riss meinen Blick lange genug von dem Baby los, um Leila in die Augen zu sehen.

„Danke", brachte ich hervor, während mein Herz vor Emotionen überquoll. „Für alles."

Leila lächelte geheimnisvoll.

„Es war mir ein Vergnügen – mehr als du denkst", erwiderte sie. „Und im Übrigen liebe ich dich auch, Jason Jensen."

MELDE DICH AN, UM KOSTENLOSE BÜCHER ZU ERHALTEN

Möchtest Du gern Inspiriert und andere Liebesromane kostenlos lesen?

Tragen Sie sich für den Michelle L. Newsletter ein und erhalten Sie ein KOSTENLOSES Buch exklusiv für Abonnenten indem Du diesen Link in deinem Browser eingibst:

https://BookHip.com/DGKWKF

Inspiriert: Ein Navy SEAL Liebesroman

Inspiration kann so befriedigend sein ...

Sobald diese Traumerscheinung aus dem Auto ausstieg, wusste ich, dass ich sie haben könnte, wie ich mir das vorgestellt hatte.

Volle Titten, ein runder Arsch und Hüften, an denen ein Mann sich festhalten konnte, machten sie perfekt für meine Vorhaben.

Sie hatte keine Ahnung, was gleich mit ihr passieren würde. Ich würde sie zu dem machen, was ich brauchte – meiner

Therapie. Dann könnte ich den Kopf freibekommen und wäre wieder produktiv.

Sie dachte, dass sie gekommen wäre, um einen amerikanischen Helden zu interviewen, aber in Wirklichkeit war sie für mich da. Ich musste sie ficken, bis ich wieder einen klaren Kopf hatte.

Ich verschwendete keine Zeit damit, ihre Fragen zu beantworten und fragte sie dann gleich ein paar von meinen eigenen, zum Beispiel, ob sie gerne eine bisschen mein Gesicht reiten würde...

https://BookHip.com/DGKWKF

Du erhältst ebenso KOSTENLOSE Romanzen-Hörbücher, wenn Du Dich anmeldest

© Copyright 2020 Michelle L. Verlag - **Alle Rechte vorbehalten.**
Das Werk, einschließlich aller seiner Teile, ist urheberrechtlich geschützt. Jede Verwertung ist ohne Zustimmung des Verlages und des Autors unzulässig. Dies gilt insbesondere für die elektronische oder sonstige Vervielfältigung. Alle Rechte vorbehalten.
Der Autor behält alle Rechte, die nicht an den Verlag übertragen wurden.

❦ Erstellt mit Vellum

www.ingramcontent.com/pod-product-compliance
Lightning Source LLC
LaVergne TN
LVHW011721060526
838200LV00051B/2983